rowohlt

Fritz J. Raddatz

Die Tagebücher in Bildern

Rowohlt

Mit einer Einleitung von
Joachim Kaiser,
einigen Briefen an den Autor
und einem Postscriptum
aus dessen fortgeführtem
Tagebuch

1. Auflage September 2011

Innengestaltung Joachim Düster
Lithographie Susanne Kreher, Hamburg
Satz aus der Fleischmann ITC, InDesign,
bei KCS GmbH, Buchholz bei Hamburg
Druck und Bindung
CPI – Clausen & Bosse, Leck
Printed in Germany
ISBN 978 3 498 05792 3

Einleitung

Joachim Kaiser
Ein Radikaler im literarischen Dienst

Seit Grillparzer und Hebbel, seit André Gide und Max Frisch, seit Jean Cocteau und Thornton Wilder, seit Ernst Jünger und Thomas Mann gibt es eine beträchtliche Reihe hochbedeutender Tagebücher. Gleichwohl existiert kein handlicher Maßstab dafür, die Qualität oder Wesentlichkeit von Tagebüchern zu ermitteln. Sie erfüllen ja nicht den Anspruch der Kunstform; während man beim Drama, beim Roman, beim Sonett oder bei der Symphonie doch gewisse, seit Jahrzehnten oder Jahrhunderten überlieferte Kriterien benutzen kann oder daraus, daß diese Kriterien nicht greifen, immerhin seine Rückschlüsse zu ziehen vermag, existiert gegenüber privaten Tagebuchverlautbarungen keinerlei ästhetischer Maßstab. Vielleicht darf man von Tagebuchschreibern zumindest eine gewisse Regelmäßigkeit der Aufzeichnung erwarten. Doch nicht einmal dieser Anspruch ist wirklich sinnvoll. Wer eine solche Forderung äußert, wird erkennbar als eine Mischung aus Pedant und Parasit. Warum soll denn der Diarist unbedingt ein tägliches Pensum abliefern und nicht auch mal zwei, drei Wochen Pause machen dürfen, wozu bekanntlich selbst der ungemein regelmäßig auskunftsbereite Thomas Mann durchaus imstande war …

Im Hinblick auf die Qualität von Tagebuchveröffentlichungen existiert offenbar nur eine einzige, freilich durchschlagende Forderung: Tagebücher müssen bewegend, interessant und spannend sein, müssen so viel verraten über eine Seele oder eine Gesellschaft, daß man ihnen fasziniert folgt: immerfort neugierig, erstaunt, betroffen, manchmal auch ärgerlich auflachend, aber eben doch gebannt. Das freilich schaffen die Tagebücher von Fritz J. Raddatz auf einzigartige Weise.

Sie umfassen immerhin 900 Seiten und knapp zwei Jahrzehnte, und doch habe ich sie in drei aberwitzigen Tagen und Nächten durchgelesen, durchstürmt; nur am Schluß ein wenig überdrüssig. Habe mir Hunderte von oft enthusiastisch lobenden, manchmal auch fragenden, korrigierenden oder protestierenden Notizen gemacht: Denn mich, einen Zeitgenossen, Berufskollegen und Freund von Raddatz, zog dieser erstaunliche Text in seinen Bann, wie ich es schon lange nicht mehr von einem Buch, oder auch von mir selbst, erwartet hätte. Raddatz' unaufdringlich rhythmische Sprache schafft einen Sog, der fast zur Sucht ausartet. Wann hätte je ein deutscher Autor über Jahre, die wir kennen, derart hellwach, derart radikal aggressiv Auskunft erteilt? Und zwar in einem an dynamischen Einzelheiten und charakteristischen Erinnerungspartikeln überreichen Selbstgespräch, an welchem nun die, in jedem Sinne betroffene, Öffentlichkeit teilnehmen kann?

Es gibt eine keineswegs verächtliche Konvention der Höflichkeit, der liebenswürdig zarten Umgangsformen, der freundlichen Komplimente. Eine Konvention, die – gut und nicht allzu verlogen befolgt – das Miteinanderleben erleichtern und angenehm machen kann, wenn auch gewiß nicht radikal wahrhaftig. In seinen Tagebuch-Selbstgesprächen, in seinen oft novellistisch-brillant erzählenden, erfahrungs- und bildungsgesättigten Notizen, Darstellungen und Anklagen verweigert sich Raddatz brutal diesem konventionellen Gesellschaftsspiel; er hält vielmehr fest, was ihn immer und immer verletzt an den Verhaltensweisen seiner Umgebung, seiner Vorgesetzten, seiner Verächter, auch seiner Freunde und Leser. So vermitteln seine Schilderungen über prominente und weniger prominente Literaten, über Chefredakteure, über Geliebte männlichen und weiblichen Geschlechts, über Freunde und Freundinnen seiner Jugend wie seines Alters gewiß kein ausgeglichenes, objektives Bild. Sondern beschreiben vor allem Verletzungen, Verlogenheiten, Demütigungen. Sind gegebenenfalls freilich auch dankbar und versöhnlich.

Um ein wenig konkret zu werden: Zweifellos gibt es zwischen ihm und Günter Grass einen freundschaftlichen, die Jahre überdauernden Grundkonsens. Nur, wenn er sich über des Grass Benehmen geärgert, wenn er an dessen Haltung gar gelitten hat, dann betont er im Tagebuch nicht alles das, was sich gewissermaßen von selbst versteht, nämlich den menschlichen und literarischen Rang des Schriftstellers Günter Grass. Statt dessen beschreibt er fabelhaft sinnfällig das Ärgernis, das Besondere. So verhält er sich zu fast allen Objekten oder Opfern. Mithin hat das Tagebuch etwas von einem Gerichtstag über beinahe seine ganze Welt – wild und wüst, und wahrlich auch über Raddatz selbst. Wer ihm begegnet, ob es nun Uwe Johnson oder Rudolf Augstein war, Peter Wapnewski, Hubert Fichte, Thomas Brasch, die ehemaligen DDR-Bonzen oder die Bundesrepublik-Schickeria: Wir alle, selbst «little me», erscheinen auf seinen Seiten oft genug bei kleinen oder großen Eitelkeiten ertappt, erwischt,

erbarmungslos, manchmal auch erbarmungsvoll fixiert.
Es sind keine hübschen, amüsanten Sottisen. Raddatz' Tagebuch wäre nicht der Rede wert, wenn sich da jemand bloß spöttisch-überheblich lustig machte über seine Umwelt, die ihn immerfort verkennt, weil er ein bißchen anders tickt als die ihn belästigenden Karrieristen, Opportunisten und Bequemlichkeits-Pazifisten. Hinter seinen Worten, seinen leisen und lauten Schreien, steckt heftige Problemleidenschaft. Man solle Werke und Werte ernst nehmen, soll sie sorgsam bedenken, allein darauf scheint es ihm anzukommen. Es ist der Grimm eines zwar erfolgreichen, aber nicht hinreichend akzeptierten Außenseiters. Warum er sich so wütend wehrt, was ihn drängt, darüber wird später noch ein wenig nachzudenken sein. Zunächst aber richte sich unser erschrockener Blick auf das «Wie».
Bei normalen, verbindlichen Texten, die gefällig, aber nicht völlig verlogen sein wollen, verhält es sich doch meist folgendermaßen: Alles Lobende, Preisende, Angenehme nimmt man als Leser ziemlich vorsichtig auf. Als mehr oder weniger liebenswürdiges Höflichkeits-Ritual. Bei jeder winzigen Einschränkung oder Relativierung dagegen hört man viel genauer hin: Das ist sie bestimmt, des Autors Wahrheit, seine wirkliche Meinung. Anders bei Raddatz: Gewiß ist es ihm ernst mit seinen präzisen, kritischen, boshaften Darlegungen. Doch daß seine Opfer – immerhin ein Günter Grass, eine Gräfin Dönhoff oder ein Professor Hans Mayer – natürlich öffentlich geschützt werden als ein großer Autor, eine souveräne Aristokratin, ein brillanter Gelehrter, das bedarf keiner Erwähnung. Auf welche Weise rückt Raddatz nun beispielsweise dem Freund Grass zu Leibe? Obwohl Günter Grass seine Ehefrau Ute an jeder Ecke betrüge (was der Chronist durch die Urwaldtrommel erfahren haben will), erhebe Grass den trotzigen Anspruch, einerseits «nicht mit schlechtem Gewissen zu leben», andererseits aber doch durchaus zu leben, wie er wolle. Dieses zweifellos bequeme Nebeneinander bezeichnet Raddatz schneidend als «Mischung aus verschwiemelter Katholizität und Größenwahnrotz».
So am 4. Advent 1983. Ins einzelne geht das Tagebuch dann beispielsweise bei folgender späteren Grass-Schilderung:

«Gestern Abend bei Grass – erloschen, bitter, an NICHTS außer an sich interessiert, fragt nicht mal höflichkeitshalber, woran man eventuell arbeitet, zeigt Fotos vom portugiesischen Haus (wie ein Mallorca-Rentner seine Dias), das für ihn offenbar ein Floß der Medusa geworden ist: ‹Hätte ich das jetzt nicht, müßte ich außer Landes gehen›. Verwindet auf keine Weise, ‹was mir in diesem Lande angetan wurde›. Selbst die Rushdie-Affäre … ist nur Vorwand, von sich und eigenen Nöten zu reden: Grass holt als erstes ein – offenbar parat liegendes – Artikelchen von Rushdie, das der in der ‹Frankfurter Rundschau› über seinen 60. schrieb, und spricht nur davon, daß nun doch mal endlich untersucht werden müsse, welchen weltweiten Einfluß er, Grass, auf die internationale Literatur gehabt habe; am wichtigsten an der ganzen Rushdie-Sache ist ihm, daß der sich als sein ‹Schüler› bezeichne. Ich werde allenfalls aufgefordert, da ‹auch was zu unternehmen› – aber meine Bitte um Mitarbeit am ZEIT-Museum wird abgeschlagen: Er habe eben einen Schreib-Block (‹Du weißt eben nicht, was das ist›) und einen Ekel vor dem leeren Papier. In gewisser Weise natürlich tragisch. Aber auch lächerlich in dem paternalen Gehabe, dem ‹Ute, hol mal den Aschenbecher› und ICH-ICH-ICH-Gerede.»

Man lächelt, während man solche Tagebuchpassagen liest. Was für eine feine, brillierende Raddatz-Mischung aus faktengesättigter Intelligenz und Klatsch. Dabei wirken die Tagebuchnotizen über Grass, Hochhuth oder Maximilian Schell noch milde, verglichen mit dem grimmigen Zorn, den vor allem die Redaktion der ZEIT aushalten muß oder Rudolf Augstein, dem und dessen ‹Spiegel› unzählige Nebensätze glühendster Abwertung gelten.
Seite für Seite erweist sich das Tagebuch so als aufregendes Zeugnis intellektueller Wachheit. Ich habe dieses Dokument lodernder Verletztheit mit den Augen eines Freundes gelesen – nicht mit denen eines Rechtsanwaltes, der bestimmt oft voller Sorge zurückgeblättert hätte, ob da wirklich alles das steht, worüber man erschrickt, und ob es stehenbleibt, auch nachdem man sich die Augen gerieben …

*

Tagebücher fangen meist an als Selbstgespräch. Kein Gedanke an «Öffentlichkeit», keine Vorsicht modifiziert zunächst die Notizen. Aber dann, wenn sich ein umfangreicher Text gebildet hat, der beim Wiederlesen standhält, der einigen Nahe-Stehenden imponiert – dann wächst der Drang, das Fixierte zu veröffentlichen. So ging es beispielsweise bei Hebbel, so geht es auch hier. Es steckt beeindruckend viel Menschenkenntnis in diesen Notizen. Und nebenher demonstriert der Tagebuchschreiber, wie boshaft er beobachten kann. Beispielsweise am 9. Oktober 1988:

«Der diensteifrig um Frau Henkel tänzelnde, ... heringshändlerhaft schlawinernde Unseld, ihr seinen Evangeliar-Reprint für 28 000 andienend; der elegante Ledig, der zu all und jedem sagt: ‹Es interessiert mich nicht› – was interessiert ihn denn? Nur Monte-Cristo-Cigarren? George Weidenfelds Hotelhallen-Blick, mit dem er beim steten ‹so nice to see you› einem über die Schulter blickt, wo der nächstwichtigste Mensch steht; die erloschene Tunte Horst Krüger, mir auf einem Cocktail (!!!) von seinem Selbstmordversuch erzählend und lauernd zu fragen: ‹Sie sollen ja nicht mehr im ZEIT-Impressum stehen!?›»

Gerechtigkeitshalber muß hier eingefügt werden, daß zahlreiche differenzierte Reflexionen, wie sie Raddatz über Landschaften, Kunstausstellungen, Altersnöte vorzubringen hat, zwar bewegend, oft sogar rührend anmuten, sich allerdings weniger zum Zitiert-Werden eignen als all jene auf Prominente zielenden Giftigkeiten, die wir armen boshaften Erdenbürger nur zu rasch verstehen ...
Ein Diarium, das über Monate und Jahre hin eine derartige Fülle birgt, drängt zum Publiziert-Werden. 1996 notiert Raddatz in seinem Tagebuch: «Meine – unvernünftige? – Idee ist, JETZT mit einem Verlag abzuschließen ... ohne die Tagebücher, natürlich, JETZT zu veröffentlichen. Am liebsten erst nach meinem Tode.» Das klingt ökonomisch einleuchtend. Doch daraus wurde nichts. Im Jahre 2000 besuchte der mächtige FAZ-Herausgeber Frank Schirrmacher den hochgeschätzten Kollegen Raddatz und studierte die Tagebuchordner; er las, so befand er, «einen Kultur-Krimi» und meinte: «‹Das ist der bundesdeutsche Gesellschaftsroman, der nie geschrieben wurde.›» Schied mit Elogen und einer Zusage: «‹Das drucken wir.› Wollte im Hause klären, ob 3 oder 4 Monate lang als Fortsetzung und ob meine Honorarforderungen (‹Das mache ich schon›) erfüllt werden können.» Fabelhafte Aussichten! Im Tagebuch geht es allerdings am 14. Juni 2000 enttäuschend still weiter: «Kein Wort.
Kein Fax. Kein Telefonat.
Nichts.»
Zunächst schien es auch mir so, als hätte der Autor recht gehabt mit seiner Einstellung, das Tagebuch nicht schon zu Lebzeiten veröffentlichen zu lassen, sondern erst nach seinem Tode. Mittlerweile denke, nein: fühle ich anders. Gerade weil der Text neben manchem Herzlichen, Bewundernden, Grübelnden so ungemein viel Heftiges, Grim-

miges, Kritisches enthält, scheint es nicht redlich vom Autor, dergleichen erst posthum herauszubringen. Jetzt muß er den Betroffenen, den Getroffenen ins Auge sehen: muß er ihre womögliche Abwehr, ihren Unmut, ihr Richtigstellen von Mißverständnissen ertragen. Das scheint mir ehrlicher, als eine solche Bombe zu hinterlassen – sich aber vorher aus dem Staub zu machen.
Während man in diesen Raddatzschen Tagebüchern liest, ermißt man aber auch mit wachsender Beklommenheit, wie stark sich ein solcher Tagebuchverfasser aussetzt, sich mit all seinen Trieben, Schwächen, Wunden und Wünschen preisgibt. Was er riskiert, wenn er nicht im brüderlich verallgemeinernden Tonfall etwa eines Max Frisch schreibt, sondern der Befindlichkeit eines bis in die äußersten Winkel verletzten Selbstwertgefühls und angstvollen Selbstekels nachspürt.

*

Wer im Tagebuch so rückhaltlos immerfort «Ich» sagt, wie Raddatz es tut, muß auch den Zwang unvermeidlicher Wiederholungen in Kauf nehmen. Jeder Sterbliche weiß: Was wir im Leben unausgesetzt zu erledigen, zu erdulden, hinter uns zu bringen haben, das wirkt in dauernder Repetition manchmal albern. Hält nun jemand im Tagebuch immer wieder fest, wie er in sich eine Überspannung spürt, vor der seine Mitlebenden und Nächstlebenden sich zurückziehen, wie seine ziellose Energie sich manchmal gleichsam gegen sich selbst richtet, ihn innerlich aushöhlt, wie er immer wieder den stets zuverlässig bereiten, witzigen Pausen-Clown spielen muß, wie alle Welt ihn um Hilfe ersucht, während er selbst auch so gern beschützt wäre, und wie lächerlich er sich vorkommt, wenn er einerseits der Öffentlichkeit panisch flieht, aber andererseits doch gern wohlgelitten zu ihr gehört, dann wirken gerade die ehrlichen, wiederkehrenden Bekundungen von Depression verrückter- und unvermeidlicherweise auch larmoyant und eitel. Es genügt, denkt der Leser, einmal zu erfahren, daß es ihm seelisch schlechtgeht. Nur, reflektiert ein solches Tagebuch nicht auch notwendig des Lebens Monotonie?
Doch bloßer Widerwille gegen im Tagebuch mitgeteilte «Leiden» hat etwas Stumpfsinniges. Als George Orwell Salvador Dalís spanisch-hochmütige, perversionsstolze Selbstdarstellung gelesen hatte, schrieb er einen meisterhaften Essay «Zu Nutz und Frommen der Geistlichkeit». Da hält Orwell fest: «Autobiographien sind nur glaubwürdig, wenn sie etwas Unschönes zugeben. Jemand, der über sein Leben nur

Gutes zu sagen hat, lügt in den meisten Fällen, weil jedes Leben, von innen her gesehen, nichts weiter als eine Kette von Niederlagen ist.» Welch großartige Bitterkeit! Alles ernsthafte Schreiben über das eigene Ich vollzieht sich in der Perspektive mitmenschlicher Solidarität. Rückhaltlos mitgeteilte Erfahrungen können auf andere durchaus hilfreich oder zumindest tröstend wirken. Und eben darum scheint eine so grausame Selbstanzeige, wie Raddatz sie am 27. Juli 1996 notierte, eben nicht nur larmoyant oder belanglos-egoman, sondern wahrhaftig und mitteilenswert:

«Kann mir nur einen schrecklichen Dorian-Gray-Spiegel vorhalten», schreibt Raddatz und fährt fort: «Immer und immer mehr werde ich zu einer grotesken, lächerlichen Figur, einem Mann wie eine Attrappe: vor Blumen, Kerzen und erlesenstem Mobiliar alleine zum Abendessen sitzend bei Mozart oder Hanns-Eisler-Platten, bei Weinen oder Champagner aus ichweißnichtwievielGläsern – – – und zugleich ein zurechtgeschminktes Gespenst, Impotenz schon im Kopf vorwegnehmend, allenfalls wie eine groteske Thomas-Mann-Kopie … zu den halbnackten Maurern hinüberstarrend, die am Nachbarhaus arbeiten und die wahrlich herrlichsten Körper spielen lassen (manchmal habe ich das Gefühl, sie wissen, daß ich sie beobachte) – zwei junge, muskulöse, in Shorts vor allem – und sind leicht kokett.» Raddatz schließt bitterlich: «Alles sehr ekelhaft. Ich widere mich an.» Und er fragt sich entmutigt: «Wie kann man in einem solchen Zustand ein Buch schreiben? Oder kann man es gerade?»

Wir wissen, daß Raddatz eine entsetzliche Jugend erlebt hat. Die Mutter, eine Pariserin, starb gleichsam an ihm, der Vater war ein prügelndes Scheusal. Glücklicherweise lassen Raddatz' Tagebuchnotate uns spüren, daß er gleichwohl später leidenschaftlich liebesfähig wurde: zart, gefühlvoll, voller guter Erinnerungen an Erotisches und Vergangenes. Freilich, als Intellektueller vermochte er furchterregend rasch zu reagieren und zu argumentieren. Alles das machte ihn zugleich witzig, ein wenig kokett und überempfindlich: Dauernd meint er mitzuerleben, wie sich seine Partner nur unter vier Augen zu ihm bekennen, ihn aber in der Öffentlichkeit nie in Schutz nehmen. Er mußte sich daran gewöhnen, daß man ihm zwar sehr früh hohe Positionen einräumt, ihn aber alsbald abschießt, um dann später sentimental den schönen Tagen mit ihm nachzutrauern.

*

Die Jahre, von denen das Tagebuch berichtet, handeln auch von seinem Skandalsturz aus ZEIT-Höhen wegen eines peinlichen Goethe-Irrtums, handeln von seinen Ängsten um Vertragsverlängerungen, davon, daß ein Günter Grass ihm noch als fast Siebzigjährigem kühl sagte: «Tja, mit dir kann man sich nicht schmücken, deswegen bist du ja auch in keiner Akademie und hast auch keinerlei Preise.» Solche Bemerkungen, die mittlerweile sachliche Korrekturen erfuhren, drängen ihm die Folgerung auf: «nicht gesellschaftsfähig».
Einmal fragt er sich im Tagebuch unheimlicherweise, ob der Mechanismus, der ihn verhaßt macht, nicht mit einer Art «Todestrieb» zu tun hat. Also mit einer unbewußten Tendenz zum Abgrund, als wolle er das Verhängnis. Und da er wirklich nicht nur die großen, stolzen Sünden, sondern auch jene kleinen, peinlichen beichtet, von denen Rousseau sagt, sie seien beschämender als gewaltige Verbrechen, läßt Raddatz einmal wissen, daß seine Begeisterung am eigenen Stil (ein unter Autoren verbreiteter Narzißmus) ihn tatsächlich hindere, Selbstkorrekturen vorzunehmen: «Ich mag und kann nicht mein eigener Lektor … sein, bin auf peinlich-äffische Weise von der eigenen Prosa angezogen …»
Freimütige Geständnisse. Vorsicht kennt dieser Radikale im literarischen Dienst nicht. Manchmal wird beklemmend spürbar, wie Raddatz im Tagebuch förmlich seinen Gegnern Argumente in die Hand drückt. Kritisch hochmütig fällt er, denkbar unvorsichtig, über andere Tagebücher her, wünscht auch mal arrogant, seine dummen Leser sollten die Klappe halten. Doch so aggressiv er sich gibt – er ist nicht im mindesten rüpelhaft. Beschenkt Freunde und Gastgeberinnen ausgesucht nobel, er weiß, so sah es Grass, wie «sein eigener Butler» eminent Bescheid über angemessene Kleidung, feine Manieren. Das Schlimmste, was dieser angeblich «Linke» an anderen Figuren auszusetzen hat, ist, daß sie keine «Herren» sind. Sondern Kleinbürger, Spießer.
Ein Menschenhasser aus Menschenliebe? Über den Professor Hans Mayer befindet er im Tagebuch: «Ich glaube, das vollständige Abhandensein einer menschlichen Dimension hat diesen geradezu panisch intelligenten Mann gehindert, ein bedeutender Mann zu werden.»

*

Gewiß ist Raddatz im Recht, wenn er argwöhnt, nicht Fehler oder Koketterien hätten sein Scheitern als ZEIT-Feuilleton-Chef bewirkt, vielmehr seien diese ein Vorwand gewesen, sich

seiner zu entledigen, weil er der bundesrepublikanischen Gesellschaft immer wieder enervierend Fragen stellte «nach historischer Schuld, nach politischem Versagen, nach Vergessen und Verscharren und löckchendrehendem ‹Ich wußte von nichts›.» Er verweigert der Welt Opportunismus, bequeme Versöhnung, falschen Frieden. Da der ‹Spiegel› ihn heftig kränkte, ließ er seinen Duzfreund Augstein nicht mehr ins Haus, als der mal die legendäre Kunstsammlung von Raddatz in Augenschein nehmen wollte.
Raddatz ist wohl noch immer zu jung, um bereit zu sein zur Versöhnung mit Gegnern, die seine Seele zu verletzen vermochten. Den Bonzen oder Mitläufern der ehemaligen DDR wirft er genau die gleiche Beschönigung mörderischer Untaten vor wie dem westdeutschen Establishment. Aus nächster Lebens- und Erfahrungsnähe kennt sich Raddatz eminent genau in der intellektuellen Sphäre der jungen DDR wie auch der Bundesrepublik aus; so erinnert er sich sehnsüchtig an die Bildung und Lebenstiefe seines alten Freundes aus der DDR, Erich Arendt. Unmittelbar vorher hatte er sich freilich über die «Pressetante» des Hamburger Rowohlt Verlages geärgert, die sich ihm gegenüber benahm, wie es sich «nicht gehört». Das verlief so:

«Gestern abend Drinks mit der Pressetante von Rowohlt, die wie eine lästige Pflicht die – immerhin – 20 Buchhandlungs‹meldungen› für Lesungen mit mir besprach – aber ihre Augen über Rühmkorf (‹unseren wichtigsten Autor›) verdrehte und von den 65 000 verkauften Jelinek-Exemplaren schwärmte. Ich bin ja zum Glück kein neidischer Mensch und freue mich über den Erfolg eines Kollegen – aber es gehört sich doch nicht: Mit MIR muß sie doch über MICH und meine Bücher sprechen, nicht über ein Rühmkorf-Gedicht, sondern über mein Buch? (Das sie offensichtlich garnicht gelesen hatte.) …
Das Wort, das diese Tante am meisten benutzte (über Presseleute, Fernsehrunden oder Schriftsteller), hieß ‹hochkarätig›.»

Unmittelbar darauf folgt seine sehnsüchtige Beschwörung der Gestalt Erich Arendt:

«Das vollkommen schockierende Erlebnis, in den alten Briefen an mich zu lesen, heute in Dutzenden von Erich Arendt; nicht nur, was für eine Freundschaft da mehr und mehr gemauert wird – sondern: die wunderbare Neugier, der Hunger nach Kultur. Wer ist Jürgen Becker, was schreibt ein Hubert Fichte, bitte die weiteren Bände

Jouhandeau, wie ist der neue Aragon, habe deinen Artikel über X gelesen und deine Sendung über Y gehört, habe gestern die Nacht durch mit Peter (Huchel) gestritten oder: Ich finde, daß Karl Mickel doch nicht … Wo gibt es derlei heute noch? KEIN EINZIGER Literat schreibt auch nur EINEN solchen Brief an einen Kollegen – sie SPRECHEN auch nicht so und darüber –, wir sitzen und reden über Geld, über die Angst vorm Alter und … über unser Unterdrücktsein. Der Vergleich mit diesem großen alten Mann ist geradezu ekelhaft – da war Bildung, Neugier, Lebenstiefe. Hier ist Geplapper, und die einzige Unersättlichkeit ist die des Kontos.»

Aber die Verachtung materialistisch-bundesrepublikanischer Oberflächlichkeit stellt nur eine Perspektive Raddatzscher Betroffenheit dar. Es kommt nämlich, ein wenig später, ein alter Ostberliner Lektor zusammen mit seiner Ehefrau bei Raddatz in Hamburg zu Besuch. Wenn er im Tagebuch beschreibt, wie diese beiden gewiß netten Menschen auf ihn gewirkt haben, was ihnen fehlte, wie die DDR sie beschädigt hatte, dann imponiert dabei nicht nur das «Was», sondern auch, wie so oft, das geradezu hinreißend vielfältige und erfüllte «Wie». Er kann unbestechlich genau sehen, wahrnehmen, folgern. Der Besuch des alten Kommilitonen und seiner sympathischen Frau stellt einem deshalb geradezu die Lebensfrage:

«Ist es nicht – DAMIT verglichen – doch ganz gut gegangen: Sie wissen nicht, was Avocados sind, können nicht mit dem Fischbesteck essen, haben noch nie eine Auster gesehen und kennen den Namen Botero nicht. Alles keine Synonyme für Glück; was ist schon Glück? Aber doch Chiffren für ein farbigeres Leben, ein bißchen Glitzern und Freude, die doch AUCH dazugehören sollte? …
Das hat noch 2 weitere ‹Problemkreise›: zum einen die Verkürzung auf ‹Wohnung ohne Bad› (während ich hier in meiner Ferienwohnung zwei Bäder habe, was sie so wenig verstanden wie meine Frage nach einer Vorspeise oder mein Salat-Dressing, dessen Mischung sie fasciniert zusahen wie einer Zirkus-Nummer). Zum anderen: Dieses grau-stumpfe Leben, kein Mehl und keine Hosen und keinen Whisky, hat sie zwar ehrbar bleiben, aber phantasielos werden lassen. Mein Freund Schneider ist charakterlich eine Nr. 1 – aber er sieht keinen Dix an der Wand und kein Besteck auf dem Tisch und keine Blume in der Vase.»

Wo aber ist nun in einer so beschaffenen Welt des Tagebuchschreibers Fritz Raddatz' eigener Ort? Denkt man darüber nach, dann erahnt man eine seltsame Analogie zur Frankfurter Schule. Die Negations-Marotte von Horkheimer und vor allem Adorno ist ja oft belächelt worden. Die beiden bemerkten früh, daß sie keinen eigenen und wirklichen gesellschaftlichen Ort mehr fanden, weil die bürgerlich-kapitalistische Seite Hitler und Auschwitz zugelassen hatte, die kommunistische stalinistische Prozesse und gleichfalls millionenfachen Mord. Darum gab es für Horkheimer und Adorno keine eigentliche «Position» mehr. Sondern nur noch bestimmte «Negation». Also: «Negative Philosophie» oder auch «Negative Dialektik». Adornos anmutig-verzweifelte Formel dafür lautete: «Wir verdüsterten Hedonisten».

*

Zwanzig Jahre Tagebuch umfassen mannigfache Lebensläufe. Beim Lesen gewinnt man gleichwohl das Gefühl, einem keineswegs sehr großen Kreis von Menschen zu begegnen und dann Lebensschritt für Lebensschritt beklemmend präzis zu erfahren, wie sie alle hinfällig werden, wie sie altern oder sterben müssen. Wir stoßen auf bewegende Schicksale. Vielleicht mehr noch als in seinen wahrhaft lesenswerten Novellen und Romanen wird dabei die erzählerische Potenz des Tagebuchschreibers deutlich.

*

Ein Letztes: Das kritisch-publizistische Reagieren hat gewiß etwas Logisch-Handfestes, aber das schöpferische Produzieren darüber hinaus etwas unendlich Heikles. Darum gilt: «Alles Mißlingen hat seine Gründe. Aber alles Gelingen hat sein Geheimnis.» Innig hebt Raddatz den passionierten, durchaus unkeusch liebenden und geliebten Pfarrer Jochen Mund hervor, dessen Mündel er einst gewesen ist. Dieser Fast-Heilige war bemerkenswerterweise für den sonst so strengen Raddatz sowohl zwielichtig als auch integer. Nämlich: «ZK und Pfarrer, Oberst der Volkspolizei und Vertrauter der Kirchenleitung, SEDmitglied und Nicht-mehr-Marxist.»
Andächtig beschwört ihn Raddatz in seiner Tagebuchnotiz vom 8. August 1992. Ungeheure Dienste hätte jener Jochen verrichtet, wirklich religiös sei er gewesen, bis zur schlimmen TB-Erkrankung habe er sich aufgeopfert. Für dies Ungeheuerlich-Unerklärliche findet der Tagebuchschreiber dann einen wunderbar demütigen Schlußsatz: «SO ist das Leben».

Wo beginnen …

… mit Inge Feltrinelli

**Mit Inge Feltrinelli und Amaldo Pomodoro
Ende der achtziger Jahre**

Wo beginnen?
Ich treibe wie Treibholz durch Paris – mal mit dem Wirbelsturm namens Inge Feltrinelli zu 6 Personen im «Lipp» (u. a. mit dem momentan erfolgreichen amerikanischen Romancier Richard Ford und einem englischen Literatur-Agenten, Ed Victor, der sich noch daran erinnerte, wie ich 1969 die rebellischen Studenten, an der Spitze Danny *le rouge*, in den «Hessischen Hof» lotste und dort eine «revolutionäre Rede» hielt – wahrlich *tempi passati*); mal – sehr logisch – auf dem Edel-Flohmarkt in Clignancourt, wo ich leichtsinnig eingekauft habe, eben jenen «Plunder» – aber ich sage mir: In 10 Jahren bist du tot, warum nicht jetzt sich noch an etwas freuen?; mal in der Corot-Ausstellung, wo ich sein Licht, seine

schönen Portraits und, Höhepunkt, die «Nude Romaine» (??) erstmals richtig entdeckte – ein Wunder von einem Bild, eines von denen, die/das ich stehlen möchte – und mal alleine im «Récamier», luxuriös essend und des süßen Freundes Cioran gedenkend, mit dem ich dort oft gesessen und der mir vorausgegangen.
Paris, den 26. März 1996

Letzter Tag in Kampen – von so strahlender Herbstschönheit, daß die Angstmelodie summt, es könnte überhaupt mein letzter Tag hier sein. Es waren 5 wunderbare Wochen, mit meist schönem Wetter und bei interessanter, aber nicht erdrückender Arbeit.
Gelegentlich komische Besuche wie der von Inge Feltrinelli. Sie rollte sich wie eine genießerische Katze auf dem Sofa zusammen, als ich ankündigte, von dem «fürchterlichen» Fest für Wapnewski zu erzählen. «Sprich, erzähle alles, himmlisch, war es wirklich so schlimm?» – und dann genoß sie es mehr als den Champagner. Beste Freundinnen.
Kampen, den 26. September 1992

Mit Inge Feltrinelli und Gabriele Henkel

Der Mensch, der mein Leben wie wenige andere prägte

Mit Heinrich Maria Ledig-Rowohlt

Er ist der Mensch, durch den ich nach Hamburg geriet und der mein Leben wie wenige andere prägte – bis hin zu Läppischkeiten: Wenn ich heute bei Ladage + Oelke oder im Vier Jahreszeiten wie ein Fürst bedient werde – auch das habe ich ihm zu verdanken. Aber viel, viel mehr meine ganze Internationalität, meinen beruflichen Aufstieg, meinen «Ruhm» – alles fing mit ihm an und hängt mit ihm zusammen; selbst die ZEITjahre – vom Baldwin-Interview zum übermorgigen mit Nadine Gordimer (die ich ja durch Weidenfeld kenne und den wieder durch Ledig) –: tiefe Spuren.
Im Persönlichen ohnehin, er hat mich beeindruckt, amüsiert und verletzt. Ich habe ihn geliebt, dennoch.
28. Februar 1992

Lunch mit Bacon

Mittags aus London wegen Bacon. Fing damit an – vielleicht bin ich doch ein schlechter «Journalist», nehme Dinge zu ernst? –, daß ich schon 2 Tage vorher unansprechbar war. Ich puppe mich vollkommen in so ein Werk – egal, ob Dürrenmatt, Anders oder eben Bacon – ein, ziehe mich wie eine Schildkröte in einen Panzer zurück und bin von so hochgradiger Nervosität, daß ich mit NIEMANDEM ein Wort sprechen kann. Ich bin auch ganz unsinnlich, d. h. für andere Sinneseindrücke ganz «zu», mag nicht essen, noch schmausen, noch schmusen, nix Champagner.

So saß ich «zu» Abend alleine im Claridge's und hing meinen Bacon-Gedanken nach. Nexten Morgen war die große Tate-Gallery-Ausstellung wegen kaputter Klimaanlage geschlossen, und ich mußte mich mit Presseausweis bis zur Direktion durchkämpfen und immer schreien: «Lunch mit Bacon.» Tatsächlich machten sie mir dann auf, und ich konnte, auch 'n Vorteil, die Ausstellung ganz alleine sehen, ohne Hüte von Bus-Amerikanerinnen.

Die Begegnung war dann ganz «leicht», sehr wohlerzogen-englisch, höflich, offen. Ich brachte ihm als etwas zu dick geratene Visitenkarte meinen englischen Marx mit, worin er angeblich hochinteressiert blätterte, wobei er auch murmelte, er wisse ja bereits, daß ich nicht «bloß» Journalist sei – – – und mich dann fragte: «Why did he ever leave Russia?» Peinlich, eine Antwort darauf zu finden, die nicht kränkend war. «Oh, I remember, didn't he live for quite some time in London – but where is he buried?» – Also, so ganz profund gebildet ist der Mann nicht. Dafür aber gibt's neben und außer ihm keinen anderen Maler auf der Welt, allenfalls ein klein wenig Picasso (aber 85% of his *work is rubbish*) und Velázquez. Das ist der EINZIGE, den er gelten läßt. Die Leute bei Marlborough hatten extra eine Art kleinen Clubraum für unser Gespräch *after lunch* (bei dem nur Röderer-Cristall in Strömen floß, den ich – *no drinks while working* – in eine Blumenvase goß) hergerichtet und dort ein großes Delvaux-Bild hingestellt und einen großen Picasso – – – aber Bacon fiel förmlich her über beide. Und Hockney ist ein Deko-Bühnenbildmaler und Guttuso, o Gott, und Genet ein Schönschreiber und Baldwin «junk»: also

auch ein bißchen eine bösartige Tunte, der Herr.
Die Bilder sind trotzdem schön und beunruhigend, und es hat ihn wohl sehr berührt, daß ich schon beim Lunch sagte, woher es wohl komme, daß man sie streicheln, sie berühren möchte – ein Gefühl, das ich bei keinem anderen Maler hätte; sogar noch mehr, daß man ein Bild von ihm SEIN möchte.
25. Juli 1985

Bacon-Atelier mit der Karl-Marx-Biographie von Raddatz inmitten leerer Champagner-Kisten

Kann ich genießen? Ich lerne Hedonismus, wie andere Leute Schlittschuhlaufen lernen. Wochenende mit Gerd am Main-Spessart, u. a. in Deutschlands exquisitestem Restaurant in Wertheim essen: der schöne Herbsttag, Fahrt im offenen Wagen den Main entlang, seine «Überraschung», nämlich einen Schoppen in genau dem Gasthaus in Lichtenau, in dem Tucholsky während seiner Spessart-Reise mit Karlchen und Jakopp trank – ein Bild von ihm hängt tatsächlich im Schankraum. Aber, angenommen, ich könnte es mir leisten: Wäre es mir genug, hier mal am Schloß Mespelbrunn langzubummeln und mal Riemenschneider (übrigens: grob) in einer Wallfahrtskirche anzuschauen? Wie wird es sein, wenn keiner mehr was von einem will, wenn – jetzt seufzt man über zuviel – garkeine Post mehr kommt? Wie bei Botho Strauß: «Knapp an keiner Post vorbeigekommen», als nach dem Urlaub ein Neckermann-Prospekt im Kasten liegt...

Frankfurt, den 13. Oktober 1987

Mit Paul Wunderlich und Gerd Bruns in den neunziger Jahren in Frankreich

z. T. köstlich parodierend analysiert oder nacherzählt, das Ganze mit alter Musik unterlegt, Caruso usw. – – – – ein Kabinett-Stückchen sowohl großer Prosa als auch der Schauspielkunst). Vorher eine Stunde auf ein Glas Champagner Paul und Karin – – – – – also Tage, wie sie mir sehr gefallen.

10. Juni 1987

Ein für mich herrliches, will sagen Schlechtwetterpfingsten in Hamburg mit Manuskript-Arbeit hinter mir, den Eisschrank voll Eintopf und Dauerwürstchen und Süßspeise, Gerd unten in der kleinen Wohnung auch in der Arbeit an einem Manuskript (über die Freimaurer und ihre Nazikollaboration), nachmittags Tee und abends gemütliches Essen oder Kino (mäßige, zu hübsche García-Márquez-Verfilmung) oder Theater (wunderbare Martin-Benrath-Lesung des Zauberbergkapitels, in dem Castorp sich in den neuartigen Apparat genannt Grammophon verliebt und allerlei Musikstückchen durchprobiert, die Thomas Mann

Zu Besuch bei Paul Wunderlich mit Gerd Bruns

Zierliche Distanzvermessungen mit H. M. E.

Mit Hans Magnus Enzensberger

Enzensberger seltsam weich – ich halte das für eine Schutzhaltung. Im Grunde war er mir als Rasierklinge lieber – dies heißt doch im Grunde: Mir ist alles gleichgültig, ihr alle seid mir nicht mal mehr wichtig genug, um mich über euch zu erregen, euch zu hassen, euch zu attackieren. Mit dem Hausherrn hätte er früher kein Wort gesprochen, und die endlose Adenauer-Bewunderung und Anbetung der (scheußlichen) 50er Jahre hätte ihn schaudern gemacht, jetzt steckt er sich nur ein neues Cigarettchen an.
8. August 1984

Mit Katharina Augstein, Hans Magnus Enzensberger und Adolf Frisé

Traf Enzensberger im Museum – er ist immer (zu?) apart, spricht von seinem Baby als «höflich» (weil es ihn morgens schlafen läßt) und davon, daß er gegen reiche Leute wie Mrs. Getty keinen «Rassismus» hege; womit jedes Argument gegen reiche Nichtsnutze als «Rassismus» denunziert ist. Will hier über die Weltbank recherchieren; auch apart. Und über den Weltwährungsfonds, der «eigenes Geld» druckt.
Washington, den 23. April 1987

Vorgestern mittag Enzensberger zum Déjeuner …
Die immer amüsanten, zierlichen Distanzvermessungen im so typischen Tonfall: «Jooo, der Herr Unseld …» oder: «Der nette Rühmkorf …», wohl wissend, daß ‹nett› tödlich ist und er es auch so meint, weil dann immer der Satz beschlossen wird mit: «Der schreibt einem ja da so Briefe und will Widmungen, die er einem unerbeten in seine Bichl neingemalt hat, leihweise

zurück – um aus diesen Widmungskritzeleien wiederum ein Bichl zu machen, der Herr Rühmkorf.» Tot isser. Natürlich zugleich immer klug-treffend: «Im Solarplexus MUSS Grass ja wissen, daß es nach dem Anfangserfolg nur noch bergab ging.»
Behäbig ist er nicht geworden, aber selbstgewiß (dabei durchaus zugebend, daß er in früherer Zeit NIE auch nur geträumt hätte, mal wohlhabend zu sein). Er WEISS, daß er eine Art Zentral-Macht in der deutschen Gegenwartsliteratur ist, daß er NEIN oder JA sagen kann, wann und wie er will, und ist dann doch, wie auch anders, auch er, ein bißchen älter geworden. Als hätte ich eine CD aufgelegt, kam mit exakt DENSELBEN Sätzen sein Bericht, den er mir neulich beim Abendessen in München «zur Lage von Hans Magnus Enzensberger» gegeben hatte: 300 000 Gedichtbücher insgesamt verkauft, das Mathematikbuch mit 750 000 Exemplaren ein veritabler Bestseller: «Dies alles ist mir unterthänig.» Wir tanzten einen hübschen Pas de deux und waren, als die Flasche leer war, die beiden einzigen, die in Deutschland klug, begabt, erfolgreich und berühmt sind.
Gastgeschenk: keines.
4. Dezember 1999

Mit George Tabori und Hans Magnus Enzensberger bei der Premiere von Taboris Stück «Delirium» 1994 in Hamburg

Lustig-grotesk mit George Tabori

Den Tag davor lustig-groteskes Telefonat mit Tabori, der also allen Ernstes das Heine-Stück für sein Wiener Theater will. Erzählte nicht nur von einer Krankheit, «which makes me stop eating so much Sachertorte», sondern auch, daß seine Wiener Adresse so schön sei: «Tiefer Graben». Da habe Mozart gelebt, Beethoven seine Streichquartette geschrieben – und da sei Wiens Luxus-Puff.
14. März 1987

Mit George Tabori bei einem ZEIT-Gespräch 1992 in Wien

Unterhaltungsjournalismus?

«Sie nannten ihn Fritzcarraldo …» Ausflug der ZEIT-Redaktion am 50. Geburtstag von Fritz J. Raddatz 1981

Zum Stichwort «Echo-los» ein Kurzdialog:
ZEITsitzung vergangenen Donnerstag. Es wird selbstgefällig der «gelungene Unterhaltungsjournalismus» belobigt, immer und immer wieder. Bis ich: «Habe ich eigentlich recht gehört, daß hier der Begriff Unterhaltungsjournalismus ganz ungeprüft und unkritisch auf unsere Arbeit angewendet wird?»
«Ja – haben Sie was dagegen?»
Haug von Kuenheim: «Aber Fritz, das MAGAZIN z. B. war immer Unterhaltungsjournalismus.»
ICH: «Sie halten ein Interview mit Francis Bacon, einen Proust-Essay, eine Reise auf den Spuren von William Faulkner für ‹Unterhaltungsjournalismus›?»
De Weck: «Ich habe garnichts gegen unterhaltende Texte.»
ICH: «Aber können wir denn nun auch hier im Hause nicht mehr korrektes Deutsch benutzen? Tucholsky etwa war gewiß ein ‹unterhaltender› Schriftsteller, vielleicht unterhaltender als so mancher ZEITleitartikel – aber er war doch kein UNTERHALTUNGSJOURNALIST, sowenig Martin Walser ein UNTERHALTUNGS-Schriftsteller ist, weil er unterhaltende Romane schreibt. Ist dieser Unterschied hier nicht mehr gewärtig?» –
De Weck: «Nein.»
Aus einem Brief an Hochhuth, 18. März 2000

Happy days in Chapala, Mexiko

Leider nicht ganz so glatt, wie sich das liest: Abflug Tanger 1 Stunde verzögert – Anschluß in London weg – weiter nach Düsseldorf – und nun von Düsseldorf nach Hamburg; wer weiß, wann, wo und wie ich zu meinem Gepäck komme.

Das Besondere der Reise war auch das 12tägige Zusammensein mit meiner Schwester, auf deren Ankunft ich mich sehr gefreut und von der der Abschied mir sehr schwergefallen war. Sie ist eine eigentümliche Mischung aus welterfahrener Selbständigkeit (wechselt mühelos vom Englischen ins Französische ins Spanische) und kindhafter Hilflosigkeit. Sie kennt die Welt und hat dennoch einen engen Horizont: nämlich sich selbst. Weiter als die eigene Reichweite – d. h. die eigenen Interessen, Wünsche, Begierden, Ängstlichkeiten – reicht auch ihr Begriff von dieser Welt nicht. Sie ist nicht egoistisch (teilt ganz selbstverständlich die letzte Orange), aber *self-centered*. So beginnt sie jeden Morgen, ohne «Anlauf-Pause» als erstes zu berichten, wie sie geschlafen, was sie geträumt hat. Eben wie ein Kind: «Püppi hat schlafen ...» Einerseits listig à la Courage

Christa Haddawy 1955 in den USA

sich durchschlagend (und auch schon mal beim Schmuck-Kauf ein Armband klauend) – andererseits noch nach 3 Tagen desselben Weges fragend: «Hier gehen wir lang?» Sie hat sich deutlich alles Schwierige ihr Leben lang abnehmen lassen, «wo es langging», wann gegessen wurde, wann wohin wie lange gereist: Mit Selbstverständlichkeit hat das immer der jeweilige Mann angeordnet und arrangiert. Weswegen sie, einer Vase gleich, die blau wird, füllt man sie mit blauem Wasser, und grün, füllt man sie mit grünem, auch problemlos Sprachen, Allüren, Sitten angenommen hat: Mit dem Russen war sie ganz russisch, mit

Mit seiner Schwester Christa Haddawy

Hussain etwas arabisch, etwas amerikanisch – und nun gibt es nur Mexico. Jedem Taxifahrer wird so stolz, als sei es der New Yorker Trump Tower, vorgeplappert, sie lebe in Mexico, jedes Gericht mit mexikanischem, jede Währung mit der mexikanischen verglichen, und wie göttliche Verlautbarungen werden «Das erlaubt Daniel nicht» oder «Da würde Daniel aber sagen» weitergetönt. Die Macho-Befehle dieses alten Mexikaners berichtet sie kokett kichernd, wohl als Liebes-, mindestens als Besitzbeweise wertend.

Von Tanger nach Hamburg am 29. März 1988

Ein Tag im Leben der Schnecke/mit der Schnecke, der Schwester: Nachdem sie mich gestern für 60 Dollar mit dem Taxi hatte nach Guadalajara fahren lassen, wo alle Museen montags geschlossen sind – «das weiß ich doch nicht» –, war verabredet, mich heute um 9.00 abzuholen und nach Guadalajara zu fahren. Ich rufe – niemand ist da – an; sie schläft. «Wie spät ist es denn?» «9.30.» «Ach, ich habe so schlecht geträumt, daß …» 15 Minuten Bericht über ihre Träume. «Ich komme gleich.» 11.30 im Hotelgarten, in dem 6 Menschen sitzen: «Ich suche dich seit 20 Minuten, ich habe dich garnicht gesehen.» Zum Frühstück, dessen Servietten-Gabel-Untertassen-Losigkeit ein eigenes Stil-Leben wäre. «Tee willst du?» – Kein Löffel ist zu finden. «Estella» (das Dienstmädchen; man hat zwar keine Tassen, aber ein Dienstmädchen – «bügeln kann ich nicht»): «Wo ist denn die Zitrone?» Meine Frage, wann wir denn nun führen, erreicht unwirsche Beleidigtheit. Vielleicht könne ja Daniel mit, der Bauer, der auf den Namen Ranchero hört. Aber wo ist Daniel? «Das weiß ich doch nicht. Übrigens habe ich einen Platten, wir müssen erst mal Reifen wechseln fahren.» Nach einem Bissen Brot und einem Stück Papaya in dem vollkommen vergammelten Auto, zusammengehalten mit Leukoplast, hinter den Sitzen rollen leere Flaschen, ein Schuh, ein kaputter Ersatzreifen, undefinierbare Stoffreste, zur Garage. «Geld hast du? – Ich muß noch zur Bank. Wie spät ist es? Ach so, da hat die Bank zu, ha, ich brauche ja kein Geld.» (!) Reifenwechsel. Zurück in das «Haus» – Auftritt Daniel. Es ist lange nach 12.00. Daniel will frühstücken, eine Papaya schälen, die Handtasche ist weg, Daniel muß auf «die Ranch», die Tiere füttern, will aber mit nach Guadalajara. Estella muß eine Hose suchen, ein Hemd bügeln, weil Daniel sich auf der Ranch, wo wir ihn abholen sollen, umziehen will. Mein Einwurf, daß die Museen nachmittags schließen, erweckt Unwillen. Daniel ab. Die Schnecke schminkt sich, wir fahren los, müssen zweimal zurück, die Schlüssel sind weg, ein Brief muß noch zur Post – die hat zu. Die Hausschlüssel sind weg. «???» «Egal, irgendwie kommen wir rein.»

Auf abenteuerlichen Feldwegen im krachenden Wagen zur Ranch. Daniel nicht zu sehen. Schließlich wird mir erklärt, daß ihr Wagen falsche Papiere hat und keine Versicherung und wir «besser» mit Daniels Wagen führen. Der ist: ein Lastwagen, Baujahr 1956, ein absolut abenteuerliches Gefährt, beladen mit Getreide, ohne Sitze, ohne alles, die Fenster gehen nicht auf und die Türen nicht zu. Damit donnern wir – ich hopse manchmal 5 cm hoch – gen Guadalajara. Daniel erklärt, daß er 1.) mit dem Wagen nicht in die Innenstadt und 2.) nicht parken darf.

Ankunft im spektakulär schönen Museum. Daniel: «Schön für Sie, wo Sie doch neulich die Tochter kennengelernt haben.» (Ich hatte in Mexiko die Tochter von Diego de Rivera kennengelernt.) Er stand offenen Mundes – und sich bauernschlau einer fremden Führung anschließend –, hatte das alles noch nie gesehen; wie meine kunstsinnige Schwester (Guadalajara ist von ihrem Wohnort Chapala so weit weg wie Blankenese von der Hamburger Innenstadt). Sie steht vor der Kathedrale und fragt: «Ist das das Museum?» Ihr Hauptsatz ist «Das weiß ich nicht»

… «Wie groß ist der Lake Chapala?» «Das weiß ich nicht.» «Wo ist Zapopan?» «Das weiß ich nicht.» Da will ich aber, weil es eine besonders schöne Kathedrale haben soll, hin; 20 Minuten Fahrtzeit. Daniel droht mit dem Lastwagen. Ich erzwinge ein Taxi (und zahle es, natürlich).
Erschöpft sage ich, Daniel sei der Tag gewiß etwas zu viel und zu langweilig gewesen, und ich werde besser alleine zu Abend im Hotel essen. Bares Unverständnis. «Wenn's ihm zu viel wird, kann er ja ins Bett gehen.»
5 – fünf! – Minuten später, es ist nachmittags: «Daniel hat Hunger.» Wir gehen also in ein Restaurant. «Kann man hier auch zu Abend essen» (es ist nämlich ganz hübsch)? «Das weiß ich nicht.» Wir essen also um 5 Uhr Ziegenbraten und trinken Bier. 10 Minuten später: «Bier bekommt mir nicht, ach, Daniel, mir ist ja so schlecht.» Mein Einwand, warum man Bier bestelle, wenn man weiß, daß es einem nicht bekommt, ruft gereizte Empörung hervor. Auch das Essen – da sie vor Kurzsichtigkeit keine Speisekarte lesen kann, nach 10minütigem Palaver bestellt; sie kann buchstäblich keine Speisekarte entziffern, ich musste 4 Wochen lang Abend für Abend die gesamte Karte vorlesen; damit sie flirtend-kakelnd-schelmisch noch mal 10 Minuten mit dem jeweiligen Kellner quakeln konnte – auch das Essen war ihr nicht bekommen. «Jetzt bin ich todmüde.» … «Ach, Daniel, mein Daniel» – wie eine Fernfahrerbraut, Schuhe aus und Beine auf dem Armaturenbrett, schläft sie an Daniels Schulter im donnernden Lastwagen.
Ankunft Ranch. Autowechsel im Dunklen (der traum-schöne Sonnenuntergang über dem See wurde garnicht bemerkt). Daniel will auf «dem» Ranch bleiben. Abfahrt. «Licht willst du, daß ich anmache?» Beleidigt über meine «Belehrung», daß man im Dunkeln besser mit Licht fährt. «Hast du den Schlüssel?» Nein. Zurück. Daniel nicht zu finden. Schließlich findet sie Daniel und den Schlüssel …
Ab Richtung Chapala. «Ist das hinter uns Daniel?» – als könne man an den Scheinwerfern erkennen, wer hinter einem fährt. «Ich habe den Hausschlüssel nicht mehr.» «Wozu steht eigentlich der Jeep bei dir in der Auffahrt?» «Der gehört Daniel.» «???» «Aber der hat amerikanische Papiere, so darf Daniel ihn nicht fahren.» «Und wieso hat Daniel ihn gekauft?» «Er dachte eben … nun steht er da, für 6000 Dollar, seit 2 Jahren.» «Und wieso fährst du ihn nicht über die Grenze und verkaufst ihn, du bist doch US-Citizen?» «Er darf ihn nicht fahren, nicht mal besitzen – und ich kann ihn nicht fahren, er hat keine Automatik.» Im übrigen habe sie jetzt

Kopfweh, sie müsse zur Apotheke, das Essen, das Bier, auch sei sie todmüde. Vor der Apotheke parkt – Daniel. «Er fährt dich jetzt nach Hause, ins Hotel, ich trau mich nicht mehr, der Reifen, es ist dunkel, ich habe keine Papiere und keine Versicherung ...»
Ich werde umgeladen, wie das Heu aus dem Laster vor dem Hotel rausgeworfen, ich habe Hunger (das Essen hatte die «Qualität» einer Vorspeise und den Preis von 3 Gängen), im Hotel gibt es nichts mehr: Ich sitze unter einem Brecht-grünen Vollmond, der im (total vergifteten) Lake Chapala ertrinkt, und rauche meine letzte Davidoff, trinke im Plastikzahnputzbecher den letzten (heimlich mitgeschleppten) Amaretto. *Happy days in Chapala.*
Mexiko, 10. April 1990

Mit der «Schnecke»

Mit Günter und Ute Grass, Alice Locke Carey und Max Frisch 1981 in Graz

Eine echte Doppelbegabung

Es kommt da allerlei zusammen, um nicht zu sagen, hat sich vieles gestaut: so wunderbare Abende wie gestern der bei Grass oder vor drei Tagen bei Wunderlich, nach denen man durchaus das Gefühl hat, Freunde zu haben – beide direkt in mich dringend, sie im Sommer oder wann auch immer auf ihren Landsitzen im Süden zu besuchen; Grass baut angeblich auf dem Dach seines Portugalhauses extra für mich eine kleine Wohnung. Aber nicht nur das, sondern auch – das spüre ich wohl nicht falsch – Respekt vor meiner Arbeit. Natürlich reziprok – ich finde die bildhauerischen Arbeiten von Grass, der 30 Jahre in dem Metier nicht gearbeitet hat, enorm. Habe gleich zwei gekauft – obwohl ich im Moment weiß Gott andere Sorgen habe. Es ist dieses Moment gegenseitigen Respekts, auch des Spürens einer gemeinsamen Ermüdung, das bindet; Grass ist kaum noch dazu zu bewegen, auch nur die Tagesschau zu sehen, so weit weg ist er – er! – von allen öffentlichen Dingen.
13. Mai 1982

Was für eine hochseltsame Reise; ich sitze im Flugzeug Faro–Lissabon–Porto–Frankfurt–Hamburg und resümiere: 5 Tage in dem bestürzend primitiven Haus von Grass in der Algarve, kein Strom, keine Heizung, kein Telefon, Wasser knapp, unbequeme Möbel, kein einziger Sessel im Haus, kein Sofa, kein Liegestuhl, ein Gärtlein mit Winz-Bäumchen und -Büschen, ein kahles Atelier (mit übrigens ganz schönen neuen erotischen Skulpturen), Frühstück am Klapptisch mit Hockern (!) und abends eine Wärmflasche ins eisige Bett, waschen zitternd vor Kälte (und ich, ungewarnt, zuwenig und zu dünne Sachen dabei): Und dennoch waren es schöne Tage. Eine Mischung aus großer Herzlichkeit und gänzlicher Gleichgültigkeit anderen Menschen gegenüber, sein Humor («Kannst du eigentlich reiten?» – «Wahrscheinlich») und seine erfinderische Genügsamkeit (macht sich Tinte zum Zeichnen aus der Blase von Tintenfischen) formen schon alles in allem eine starke Persönlichkeit … Als ich am vorletzten Tag zum Abendessen den Tisch mit Mimosenzweigen, Muscheln und heimlich gekauften Servietten deckte, sagte Grass ganz gerührt: «Der Fritz ist eben doch eine echte Doppelbegabung – er ist sein eigener Butler.» So war es … eine sehr menschliche, gar intime Atmosphäre, wir sammelten Tannenzapfen für den Kamin oder klauten, wie in Nachkriegszeiten, Mimosenbäumchen am Straßenrand – das exakte Gegenteil jeder Stilisierung. Kann es sein, daß in dem Mann so viel Kraft steckt, daß er die «Krücken» des Schmucks nicht braucht? Denn Zierat – ob Messerbänkchen oder ein Picassobild – ist doch auch gewiß das Harz, das aus Wunden getropft ist. Hier, in irgend so einem Portugal, braucht man Jeans, 'nen Pulli, und die Wachtel kostet achtzig Pfennig.
Rückflug aus Portugal, 5. Januar 1984

Mit Günter Grass in Portugal ca. 1988

Mit Ute und Günter Grass

Gestern abend bei Grass, in der soeben bezogenen Hamburg-Wohnung, in der er unglücklich wie ein Rabe wirkt, dem die Schwingen geknickt sind. GANZ sind sie wohl nicht geknickt, denn er schreibt wieder, hat schon über 200 Seiten vom neuen Roman, der ja am Neujahrsmorgen in Portugal nach meinen «Ermahnungen» begann. Immerhin – seine Kraft ist bewundernswert, wie er sich in einer, trotz der 7 Zimmer zu engen, letztlich unkomfortablen Wohnung (allein 4 Schlafzimmer wegen der 3 Söhne) einfach an den Tisch setzt und weiterschreibt.
Es war ein Chaos aus unausgepackten Kartons, Söhnen, vollen Aschbechern, Straßenlärm (so laut, daß man sich kaum unterhalten konnte – wie kann man allein deswegen so eine Wohnung nehmen ...), Handwerkern und einfach ohne Anmeldung so hereintröpfelnden Besuchern. Boulette mit Karotten, dazwischen schmatzende Gören mit Fanta-Flaschen, das Ganze an einem Küchentisch.
Aber merkwürdig (bißchen ähnlich war's ja auch in Portugal), das Ganze hat eine sehr menschliche, sympathische Atmosphäre, ich fühle mich dabei, obwohl doch so etepetete, überhaupt nicht unwohl, im Gegenteil. Und Grass eben doch sehr freundschaftlich, immer wieder teilnehmend an meinen Problemen.
8. August 1984

Beim Steirischen Herbst in Graz 1981

Den Abend sehr amüsant und berlinisch verlebt, mit Grass à deux gegessen, was, wie mit Paul, immer am schönsten und intensivsten ist, er ganz rührend: «Ich habe vorgesorgt, habe genug Geld bis zum Schluß, ich bin ja ein Krämer – ich habe alles in festverzinslichen Papieren angelegt, das ist nicht viel und nicht viel Gewinn, aber sicher. Also Stube und Suppe ist für dich immer da.»

Im Restaurant setzte sich ein fremder Mensch neben ihn, gratulierte zum Buch, sagte: «Ich muß Ihnen mein Leben erzählen», und auf Günters (diesmal) gutmütig-väterliches Abwiegeln: «Aber ich erzähle Ihnen doch auch nicht mein Leben» sagte der Mensch: «Schon, schon – aber ich bin Ihr Buch.» Einen so komischen Satz habe ich noch nie gehört. Es stellte sich auf Befragen heraus, daß er DIE RÄTTIN weder besaß noch gelesen hatte. Dafür stellte er uns seine junge Freundin vor: «Dufte Biene, Mensch, sahre ick dia ...» Berlin ist Berlin.

9. April 1986

Unter Hochspannung

Merkwürdige Gedanken beim abendlich-nächtlichen Anhören z. B. von Billie Holiday – mir kam Jimmy Baldwin ins Gedächtnis: auch sein Leben immer Kampf, immer unter Hochspannung, noch nie hatte ich bei ihm, die vielen Jahre, die wir uns kennen, das Gefühl, daß er mal sagen könnte: «Ach, nun laß doch mal, reg dich nicht auf ...»
Kampen, den 3. September 1986

1. Tag in Paris. «Auftakt» gräßlich: Jimmy Baldwin ist tot. Ausgerechnet in Paris erfahre ich es, wo wir so oft und so ausgelassen zusammen waren. Wieder einer weniger – ein guter, enger, gar emphatischer Freund, mit und für den ich mancherlei Kämpfe bestand. Es war eine große Liebe, keine «Liebe».
Paris, den 2. Dezember 1987

Mit James Baldwin 1964

Mit James Baldwin und Eckfried Herbst 1963

Besuch in Saint-Tropez – wie auf einem Friedhof. Das ist nun 28 Jahre her: ein Rasen, ein Flimmern, jedes Här'chen auf der Haut elektrisiert – meine große Liebe. Sie zischte, als hätte ich mit bloßen Händen in eine (nach einer) Sternschnuppe gegriffen; ich erinnere jeden Moment, Eckfrieds erstes Lächeln, wie ich ihn ansprach in der Bar mit dem elektrischen Piano, unsere erste Nacht auf der Dachterrasse (wo, böses Omen?, seine Brille zerbrach)... Gestern bohrten sich viele kleine Messer in meine Erinnerung: das Sénéquier, wo ich auf ihn wartete; Le Gorille, wo ich frühmorgens Tonic für unsere verbrannten Schlünde holte; die Mole, an der wir parkten und ineinander so versunken waren, daß wir nicht merkten, wie jemand mich ansprach. Das Restaurant auf/neben dem Turm, wo der Wein in unseren Gläsern zitterte – der 2. Abend – und wir Speise um Speise unberührt fortschickten; der Kellner freute sich ganz ungeniert an unserer Verliebtheit; die Ecke, an der ich Blumen für ihn brach.

Île Rousse, den 19. September 1988

Mit Leonore Mau, Hubert Fichte, einem Unbekannten und Hans Mayer anläßlich des sechzigsten Geburtstages von Mayer im Hotel Atlantik in Hamburg 1967

Ach, lieber Fichte

Vor 4 Tagen Fichte hier, der anstrengend, schrill und gleichzeitig wieder angenehm-ungewöhnlich war; wie halt immer. Am Morgen nach seinem Besuch (immer essen wir bei mir, dem Junggesellen; wieso lädt er nicht auch mal mich ein?) kam ein Brief von ihm aus Agadir, in dem unsinnige Banalitäten standen wie: «Heute bin ich traurig», aber dann wieder so ein schöner Satz wie: «Wir schreiben doch alle nur gegen den Tod.»
9. Juni 1985

Fichte ist tot. «Und Siegfried Lenz lebt», wie der bösartige und betrunkene Platschek sagte.
Habe mir eine Art Seeleneis aufgepackt, um das durchzustehen, zumal ich noch den Nachruf schreiben sollte und wollte (eben fertig – ich glaube: schlecht) …
Ach, lieber Fichte – wir waren schon ein seltsames Paar, merkwürdige Freunde, oft auch voller Gift und Haß auf den anderen – aber er wird mir sehr fehlen mit all seiner ballettösen Manie und Manieriertheit.
10. März 1986

Zick-Zack mit Gisela Elsner

Mit Claude Gallimard und Gisela Elsner Mitte der sechziger Jahre

... die Elsner mit ihren zahllosen Extravaganzen, die mich im rasenden Porsche umarmte und küßte, weil ich auf ihre Frage «Warum fahren Sie Zick-Zack?» antwortete: «Ich fahre Kaninchen tot» (in Wahrheit war ich betrunken).

Frankfurt, den 30. September 1992

RAF

So sind auch noch die zwei vorangegangenen Abende zu verzeichnen, die ihrerseits sich ins Läppische zersetzten ... Das einzig lustige Detail: wie Flimm die entgleist guckende Kultursenatorin fragte, ob sie auch «Mitglied der RAF sei oder werden wolle» – des Raddatz-Fan-Clubs, den er mit Grass und Bissinger gebildet habe und dessen Präsident er sei.
28. Mai 1994

Mit Jürgen Flimm

Rück-Spiegelungen

Das ist eine eigenartige Vorbereitung zu meiner nun endgültig für kommende Woche geplanten DDR-(respektive Ost-Berlin-)Reise, die mich SEHR nervös macht. Wie wird es sein, dort die Straßen entlangzugehen, in denen ich verliebt und verzagt war, meine «Karriere» begann – ich meine damit: begann zu lernen, wie man arbeitet –, wo ich mit Marianne Dreifuß oder Walter Czollek oder Jochen Mund entlangging und mich traf, mit den Kommilitonen, mit Ruthchen, wo ich weinte, als die 17.-Juni-Panzer kamen, und wo ich vergnügt in Ruthchens kleinem offenem Auto auf dem Verdeck sitzend und singend leichtsinnig war, lachte, trank. Ich merke nur an diesen kleinen Rück-Spiegelungen, WIE entscheidend diese Jahre waren, wie vollkommen prägend. Ich rieche jede Ecke und schmecke jeden Rauch.
28. November 1989

Mit Ernst Rowohlt, der Lektorin Marianne Dreifuß und dem Verlagsleiter Walter Czollek in den fünfziger Jahren im Ostberliner Verlag Volk und Welt

Auf einem Gründerjahresofa (mit der Gruppe 47)

Nachmittags bei Kempowski, der eine Art «Gruppe 47»-Revival versucht: Er zusammen mit Guntram Vesper lädt allerlei Autoren ein, die vorlesen und, da er auch Kritiker wie mich oder Drews einlädt, auch kritisiert werden … übrigens zur Wut etwa von Karin Struck, die laut und ordinär die «kreative Atmosphäre» einklagt (was immer das sein mag); aber bezeichnend doch dieser Haßausbruch gegen Kritiker – dies Verhältnis (Autor–Kritiker) ist so gründlich zerrüttet wie noch nie … Erwischte mich dabei, daß ich anfangs alles gräßlich und spießig und komisch fand – und es allmählich zu genießen begann. Hängt wohl mit meiner monologischen «Autoren»-Lebenssituation zusammen, ohne Redaktionsalltag. Erst dachte ich: «O Gott, auf MEINE kleinen Spiele, wie Ginster auf den Tisch stellen, um den Genet-Nachruf zu schreiben, kommt hier niemand» (weil Ginster auf Französisch Genet heißt). Aber dann war's ganz kollegial-amüsant, und selbst kleine Skurrilitäten wie das männchenhafte Benehmen von Kempowski amüsierten mich nur noch. Er sitzt wie Hans Werner Richter auf einem großen Gründerjahresofa (als einziger, alle anderen auf unbequemen Stühlen), klingelt mit einer Glocke und bittet nicht nur um Ruhe, sondern auch um «pünktliches Erscheinen» und so. Als er die Struck z. B. bat: «Aber nur, wenn Sie sich kurz fassen», explodierte sie in ihrer gewaltsam aufgeschminkten Emanzipiertheit. «Bei uns Frauen dauert eben alles länger, wenn Sie das noch nicht bemerkt haben sollten – wie beim Geschlechtsverkehr –, wir brauchen länger, weil wir potenter sind.» Stimmt vielleicht sogar. Kempowski läßt sich den ganzen Tag von irgendwelchen jungen Mädchen bedienen, läßt sich beim Abendessen sogar die Stullen schmieren und den Wein bringen und erzählte, er habe sich «zwei so junge Dinger» engagiert, um mit ihnen 2 Wochen durch Frankreich zu reisen: «In zwei Wochen kann man ganz Frankreich erleben.» Hm. Seine papale Eitelkeit hat die Figura wie eine Figur von Kempowski – fällt der Name der Stadt Berlin, dann fällt ihm dazu nur ein: «Da war ich noch nie zu einer Lesung eingeladen.»
19. April 1986

Mit Siegfried Unseld und Peter Weiss bei einer Tagung der Gruppe 47 in Berlin 1965

Mit Hans Werner Richter

Mit Reinhard Baumgart, Carl Amery und Walter Kempowski 1972

Gleichsam aus dem fahrenden Autozug Avignon–Hamburg in Frankfurt rausgesprungen, per Taxi-Flugzeug-Taxi ins bei Prag gelegene Schloß D. zur Tagung der Gruppe 47, wo ich (morgens um 5 im Schlafwagen aufgestanden) bis 4 Uhr nachts «dabei» sein mußte, d. h. präsent als Subjekt (kritisierender Autor) und als Objekt. Fühlte mich sogar wohl im Kreise freundlicher Kollegen wie Jürgen Becker, Peter Schneider oder Peter Bichsel, auch mit dem unseren «bösen Briefwechsel» nicht erwähnenden Grass. Dennoch: Ich habe, jedenfalls wissentlich, das 1. Mal unehrlich geschrieben, mein «witziger» Bericht über die Tagung ist gefälscht im

Mit Walter Kempowski, Hille Baumgart, Uwe Johnson, Peter Wapnewski, Reinhard Baumgart und Jürgen Becker vor dem S. Fischer-Haus in Berlin 1971

Sinne von geschönt – ich fand die meisten lächerlich, das Ritual ausgeleiert bis überflüssig: Feuerzangenbowle, wo Erwachsene noch mal Schüler spielen, obwohl sie alle (Lebens-)Zeugnisse in der Tasche haben: Der alt gewordene Höllerer setzt sich stumm wie ein Schüler hin, wenn ihn der uralt gewordene Hans Werner Richter anblafft, und Autoren, an deren Brust so viele Preise klappern wie Orden an der eines sowjetischen Marschalls – Grass, Christoph Hein –, lesen mit zager Stimme Texte vor, um sich ängstlich das Urteil (z. B. von mir) anzuhören. Es hatte etwas Läppisch-Gespenstisches, und Richters «Drohung», er mache weiter, treibt einem die Haare zu Berge.

Kampen, den 9. Juni 1990

Der für den

Willy Brandt zurückgetreten. Auch damit geht ein Stück «meiner Welt» zu Ende. Nicht nur, weil ich ihn persönlich gut kannte, seit er Berliner Bürgermeister war (mit seiner Hilfe etwa Hajo Rumpoldts Sohn – die Familie hatte ich durch den Gully aus Ostberlin geholt! – nach der Flucht einschulen konnte), ein wichtiges Interview mit ihm machte, ein schönes Widmungs foto habe, zahllose Wein-Cognac-beschwingte Abende mit ihm, Böll, Grass (nach Abschluß meines Marx in Wewelsfleth; am Abend vor Bernds Tod!) verbrachte. Er war für mich auch ein Stück politische Moral, Hoffnung auf vernünftigen, machbaren Sozialismus. Er war kein Roosevelt, und ich bin kein Thomas Mann, aber was der für den war, war Brandt für mich. Die Demokratie mein(t)e ich …

23. März 1987

Interview mit Willy Brandt für die ZEIT

Deutsche Impressionen

Während eines ZEIT-Interviews in Behlendorf: mit Siegfried Lenz, Helmut Schmidt und Günter Grass

Deutsche Impressionen: Vor drei Tagen im Intercity nach Essen (ich brav zur mäßig bezahlten Vorlesung) treffe ich Siegfried Lenz; auf meine Frage – was soll man schon fragen im Zug – «Wohin geht's denn?» verdrehte er seine Cockerspanielaugen und sagte: «Zum Präsidenten.» Mehr muß man nicht notieren. Jeder normale Mensch hätte gesagt: «Nach Bonn.» Ganz Deutschland, das ganze Kapitel GEIST UND MACHT in zwei Worten.

12. Februar 1988

Doch sehr erschüttert (Rudolf Augstein und Mildred Scheel)

Mit Rudolf Augstein und Mildred Scheel Ende der sechziger Jahre

Sonntags-nach-Frühstück-Spaziergang, den Leinpfad entlang. Dort sitzt auf einer Bank eine einsame alte Frau in schäbiger Jacke und Pudelmütze, mit einem Stock im Boden stochernd, erloschenes Gesicht; genau gegenüber von Augsteins Führerbunker-Villa. Es WAR Rudolf Augstein. Ein Bild des Jammers, fast hätte ich ne Mark hingelegt. Sic transit …
1. April 2000

Mildred Scheel tot. Hat mich doch sehr erschüttert – ein Glück, daß ich ihr doch noch telegraphiert hatte; wie Scheel sagte, hat sie sich noch sehr über diesen Gruß gefreut – und ihre Karte mit dem Dank gab mir die Schulze mit dem Satz: «Übrigens ist sie tot.» Post von Toten …
Kampen, den 14. Mai 1985

Sehr am Abgrund, an der Finsternis

Freitag abend mit Brasch essen, ein anfänglich wunderbarer, freundschaftlicher Abend – habe das Gefühl, daß wir uns gegenseitig sehr mögen (was er ja, als ich krank war, auch durch rührende Fürsorglichkeit bewies) und uns auch sehr viele «Wahrheiten» sagen können. Er wohnt sehr am Abgrund, an der Finsternis – und versteht dadurch offenbar meine Lebenssituation, die ich als immer auswegloser empfinde; was ich ihm sagen kann. Sonst muß ich ja der Muntere und Flinke sein …
Der Brasch-Abend wurde eine Brasch-Nacht mit entsetzlichem Besäufnis, wohl ganz komisch, was er mir hinterher davon erzählte – ganze Teile, die ich nicht mehr erinnerte …
15.–17. Mai 1982

Besonders netter Anruf von Thomas Brasch zu meinem Roman, den er – wie schön-uneifersüchtig – glänzend gelungen findet: «Wie schön, daß Sie ein Schriftsteller sind. Ich küsse Sie für den Roman.»
23. Oktober 1996

Mit Thomas Brasch und Bodo Kirchhoff

Thomas Brasch ist tot. Der Freund, der wunderbare Schriftsteller, der Vertraute sogar – mit wohl keinem meiner anderen Künstlerfreunde war ich so «intim», manchmal in sentimentaler Stimmung, manchmal von ihm frivolisiert; und auch er hat wohl kaum einem so viel von sich anvertraut, Intimstes – also sehr Persönliches, aber eben auch Intimes seiner Arbeit (als sei das zu trennen: Eben das war ja das Funkelnd-Erotisch-Geistige an ihm, daß er es NICHT trennen mochte und konnte) – – – und eben daran ist er zugrunde gegangen, weil er seine extrem dünne Haut über diese Welt spannte, und die zerriß mit der; so rabaukig er sich geben mochte und konnte.
Wenige Tage vor seinem Tod – als spräche ich bereits sein Kaddisch – erzählte ich spätnachts meinen Gästen hier nach der Lesung im Warburg-Haus nebenan von ihm; wie die mir 1–2 Tage später sagten, auf eindringliche Weise das zerstörte Portrait eines Freundes zeichnend. Am Samstag derselben Woche war er tot, die Thalbach hatte seine Hand gehalten (wie sie das, metaphorisch, in ihrer beiden Leben getan hatte). Und die Thalbach sagte mir in ausrinnender Stimme am Telefon: «Eine Welt ohne Thomas ist mir nicht vorstellbar», dann hörte ich Thalbachsches «Ikkk komme jleich», und sie antwortete auf meine Frage: «Von wo sprechen Sie denn?» – «Na, aus'm Ateljeh.» Sie filmte. Eben hatte sie geweint, dann ging sie unter die Scheinwerfer und mußte vielleicht mit rollenden Augen sagen: «Wilhelm, ich liebe dich» und einen Schauspieler küssen. *Quelle profession.*

11. November 2001

Mit Katharina Thalbach

Kursbuch 79 1985
Kursbuch 80 1985
Kursbuch 81 1985
Kursbuch 82 1985
Kursbuch 83 1986
Kursbuch 84 1986
Kursbuch 85 1986
Kursbuch 86 1986
Kursbuch 88 1987
Ekel und Allergie
Unsere Mütter
Schluß mit der Moral
Die Väter
Kursbuch 142

Jeder in seiner mehr oder minder wichtigen Bedeutung

Was geschieht da mit uns allen, mal Hochhuth, mal Wunderlich, vor kurzem noch Böll, dann ich – – – – tutti quanti. Es sind doch WIR – jeder in seiner mehr oder minder wichtigen Bedeutung –, die die Kultur Nachkriegsdeutschlands GEMACHT haben? Und nun werden wir gleichsam abgeschafft, fast ermordet, sollen «die Klappe halten», nicht mehr schreiben, publizieren, malen, Interviews geben. Eine Umwertung aller tradierten Werte, eine Wende, viel tiefer als die propagierte, ein «Umbruch» – neue Fühl- und Denkweisen; aber welche? Wo sind die toll begabten Söhne, die die Väter ermorden MÜSSEN? Die Beliebigkeit ist das neue Gesetz, der neue Standard.

8. März 1986

Fritz J. Raddatz im Büro der Kurt-Tucholsky-Stiftung vor der Graphik «Bölls Schreibmaschine» von Günter Grass 2005

Mit Paul Wunderlich

Einzig Wunderlich versteht, was in mir vorgeht, und sagt bitter lachend, als ich ihm von den «Verboten» erzähle: «Wie immer – Sie sollen nicht Sie sein.»
28. November 1989

Kehr-wieder-Boulette für Wunderlichs. Er ißt kaum noch, trinkt fast nur Wasser – ABER: Es ist schön wie immer, mit ihm zu reden, zu streiten auch – so leugnete er, beim Malen an irgendetwas anderes – Publikum, Erfolg, Echo – zu denken als an das, was er jeweils im Augenblick tut. Das glaube ich nicht. Form ist nicht nur Form – das gilt für Kunstgewerbe, aber nicht für Kunst, die ein anderes, einen «Mehrwert» produziert, deren Addition eben 2 mal 2 = 5 ist. Die schönste Jugendstillampe, die eleganteste Loetz-Konfektschale produziert eben das nicht, ist nichts als eine Lampe (die andere meinetwegen auch scheußlich finden können).
8. Januar 1987

In den neunziger Jahren

Gestern abend bei Wunderlich: herrlicher Abend, wir stürzten wie zwei Ertrinkende auf-, ineinander, ins Gespräch. Das «Hauptthema» – ob positive Veränderung der Geschichte NUR durch Blut zu erwirken sei; gleichsam wie eine Geburt nicht ohne Dreck, Qual, Schmerz und Blut möglich ist – bietet ja auch endlose Variationen. Er arbeitet nun, von mir angesteckt und angestiftet, an Lithographien zum Thema Französische Revolution und ergötzte sich an meinen zahllosen Details, die ich z. T. schon per Telefax aus Gran Canaria an ihn durchgegeben hatte. Ihm geht's wie mir: Mit wem kann man sich schon so gut – auch lachend – unterhalten? Einer von uns beiden wird ja zuerst sterben – für den übrigbleibenden «Witwer» wird's schwer …
2. Februar 1989

In Frankreich mit Paul Wunderlich

Vergangenen Sonntag also mein «kleines, aber feines» Privat-Abendessen für den «harten Kern»: Grass, Wunderlich, Joachim Kaiser …, Antje Landshoff, Kerstens und, natürlich, Gerd. …
Es war einerseits ein schöner Abend, alles fein geschmückt mit Blumen und Kerzen und dem feinsten Porzellan und, und, und, tatsächlich genossen auch alle alles, merkten sogar, daß es ein besonderer Bordeaux war – – – – – – und dennoch war es auch wieder, nun sagen wir: sonderbar. Wunderlichs Zauber-Portraits FJR wurden doch eher «mit Staunen» angesehen, nur der neuerdings seine Umgebung mit einem Schutzwall aus Lob einmauernde Grass hielt eine kleine Bewunderungsrede auf Wunderlich. Der wiederum saß fast den ganzen Abend stumm bei Tisch, hörte sich unser Altmänner-Gebrabbel «Weißt du noch, wie's damals war?» an, mischte sich nur auf direktes Befragen à la «Wo waren SIE eigentlich in Gefangenschaft?» ein, schaute stumm auf das Grass-FJR-Portrait, mit dem ich die Menukarte geschmückt hatte – – – –

und beobachtete doch ALLES ganz genau; wie sich nexten Morgen am «Vielen Dank»-Telefon herausstellte: Er hatte jeden Satz von Kaiser im Gedächtnis und auch, daß der eigentlich nur von sich sprach, sich gerne und reichlich Lob spendete; hatte genau Grass' Empörung im Ohr, daß Kaiser – was er gerne und wiederholt berichtete – mit seiner Kolumne in der BUNTEN DM 2 MILLIONEN verdient hat; hatte genau die abstruse Pilz-Gabe Antjes beobachtet wie die «Ich fühle mich vernachlässigt»-Klagen der schönen Kersten-Frau Jacqueline (da er, einer der besten und gefragtesten Anwälte der Stadt UND ein hochgebildeter Schöngeist, der jeden Abend bis in die Nacht hinein liest, wohl kaum viel Zeit für die ihm neue Ehe-Situation aufbringen wird).
So war eigentlich Wunderlichs Kommentar-Beschreibung des Abends fast das Beste dran.
25. September 2001

Heute brachte (als «Voraus» für mein morgiges Diner) ein Bote DREI wahrlich «phantastische» Kaltnadel-Portraits von Wunderlich. Was für ein bezauberndes Siegel unserer jahrzehntelangen Freundschaft. War sie vielleicht das Beste von allem?
22. September 2001

Mit Maria Augstein

Ca. 2 Jahre lang war ich, in meiner Zeit mit der schön-somnambulen Maria Augstein, eine Art Ziehvater von Jakob und Franziska Augstein, durfte ihnen den Weihnachtsbaum schmücken, ein Radio schenken (was der arme Papa sich nicht leisten konnte), und beide Kinder, bei einem gemeinsamen Urlaub auf Sardinien, flohen schreiend zu mir, als – ein unrasiertes Ungeheuer – Papa per Boot an unserem Strand auftauchte: «Fritz, Fritz, wir wollen bei dir bleiben» (Rache und Triumph für Kriemhild Maria).
Tenerife, den 11. März 1998

Mit Maria Augstein

Mit Alfred Hrdlicka vor dessen Atelier, 1982

Im Kopf immer noch die unmögliche Selbstunterschätzung Hrdlickas, der nur ewig von «Küh-sinnung» schrie und sich gegen alle einschlägigen Sprichwörter, von «Der Gegensatz von Kunst ist ‹gut gemeint›» über Gides «Çe sont les beaux sentiments avec qu'on fait les mauvaises littératures» bis zu Janssens «Goya war gut, die Kollwitz meinte es gut» hinwegsetzte. Dabei hat er selber doch KUNST GEMACHT UND HAT'S NICHT NUR GUT GEMEINT???!
Wien, den 28. Februar 1988

Erstes Tippen im neuen «Arbeitsraum», den geradeaus sprechende Umzugsleute Keller nennen und ich Souterrain oder Gartenwohnung; als ich auf die Frage WOHIN MIT DIESER KISTE? antwortete: INS SOUTERRAIN, sagte einer von den Bubis: WO IS'N DES?, und als ich's ihm erklärte, meinte er trocken: ALSO SIE MEINEN DEN KELLER.
Da sitze ich nun – und fühle mich ulkigerweise wohl: drei kleine Räume, vollgestopft mit Büchern, ollen anspruchslosen Möbeln, hell, warm, extrem ruhig. Mir scheint, hier kann ich arbeiten, wenn auch die Bibliothek noch – für lange – ein Chaos ist: Rimbaud hinter Shakespeare. Es war ihnen nicht mal das Alphabet beizubringen.

Letzte Bedrückung war die Hrdlicka-Skulptur und der abnorm aufwendige Transport mit 2 Riesenkränen über die Dächer hinweg, die Fotos sind Dokumente.
Hamburg, den 31. Oktober 1991

Vor einer Skulptur von Alfred Hrdlicka, 1996

Ein Unterschied

Heute morgen langes Telefonat mit Hochhuth, der mir u. a. eine sehr schöne Geschichte erzählte: Ein Münchner (Mode?-)Maler, der auch eine Zeichnung von ihm gemacht hat, lädt den Bundespräsidenten zur Vernissage ein. Der sieht die Hochhuth-Skizze und sagt: «Ich bin ja nicht einverstanden mit vielem, was er schreibt, aber ...» – und dreht sich zu einem Porträt von Johannes 23. –: «Dieser hat ja gesagt, er habe recht.» Wie nobel – zumal Hochhuth den Vorgänger dieses Papstes ja wacker attackiert hat – und welch Unterschied zum Herrn Kohl, der sich im/beim Vatikan für «einen gewissen deutschen Schriftsteller» entschuldigt.
Kampen, Ostersonntag 1988

Mit Rolf Hochhuth

Charmant/lustig/geistreich: Peter Wapnewski und Joachim Kaiser

Das schönste, genaueste und auch traurigste Echo auf meinen Deutschlandartikel (Hunderte von Leserbriefen!!!) kam von Wapnewski, der mir in einem langen Brief zwar gratulierte, aber zugleich schreibt, daß ihn das Thema nichts (mehr) anginge – Hitler, und jene (alle) Deutschen, die mit dem ans Ende der Welt marschiert wären, habe ihm «sein» Deutschland endgültig genommen. Wäre einen Essay wert, etwa wie Giordanos neues Buch WENN HITLER DEN KRIEG GEWONNEN HÄTTE – eine grausliche Bilanz aus jenen vorprogrammierten Siegesräuschen, die dann bei nahendem Untergang ganz rasch und mühelos in Überlebensstrategien nach der Niederlage umgedacht und auch ganz real umFUNKTIONIERT wurden (Ludwig Erhard etwa und fast AUSNAHMSLOS ALLE Wirtschaftsführer) – die

Elite des Nachkrieges war die Elite bei den Nazis ... Sie waren alle da(bei) und blieben alle. Das letzte THEATER HEUTE-Heft bringt eine glänzende Zusammenfassung davon, was die Herren vom Theater und vom Film betrifft (und die Damen, *of course*).
30. September 1989

Die Windsbraut ist also vorübergezogen: das große Liebermann-Fest – mit fast zu vielen Gästen. Mit aller Mühe konnte ich die Wohnung so um-arrangieren, daß jeder einen Sitzplatz hatte. Das ulkige an solchen Festen ist nicht, daß es – obenhin betrachtet – alles recht zivil, leise und höflich zugeht, man denken könnte, die Gäste delektieren sich am Champagner, den Köstlichkeiten des Buffets und den Weinen, sondern: daß es Spiegel der Gesellschaft ist, zu deutsch, es von Intrigen, kleinen Gemeinheiten und Eifersüchteleien wabert. Wapnewski sagt: «Was für ein herrliches Fest, was für herrliche Delikatessen, was für herrlicher Champagner – nur schade, daß all diese Leute da sind».
30. September und 1. Oktober 1995

Interessantes Musik-Erlebnis vor 3 Tagen beim Schloß-Wotersen-Konzert, wo die Hammerklaviersonate gegeben und von Joachim Kaiser interpretiert wurde. Zum einen wußte ich ungebildeter Mensch garnicht, daß das nicht nur Beethovens bedeutendste, sondern insgesamt wohl DIE wichtigste Sonate der Musikgeschichte ist – – – ich liebte sie nur seit Jahrzehnten sehr, und besonders das Adagio, und AUCH interessant, daß Musik mit Worten nicht erklärbar ist: Mein so eloquenter und begabter Freund Kaiser war brillant, wo es um die Schönheit des Musikalischen ging, da fielen nur Worte wie harmonisch, charmant, genial, zauberhaft; richtig erklären – das allerdings glänzend – konnte er nur die technischen Strukturen des Sonatenaufbaus. Musikalische Schönheit läßt sich nicht dingfest machen.
22. Juli 1993

Ohrfeigen-Freitag für den *has-been*. Zu meinem (was niemand wissen konnte: LETZTEN) großen Fest gestern kamen reihenweise Absagen – mal verlogen à la «ich komme vielleicht», mal noch, besonders unfreundschaftlich, am selben Nachmittag.
Das hat zwei Seiten: Zum einen bin ich nicht mehr «interessant» genug, weil ich ja keine Aufträge zu verteilen habe; wär es so, kämen sie in Scharen. Zum zweiten haben wir alle inzwischen Commerz-vergiftete Hirne, wir lassen keine dämliche Vorstadtlesung, kein Interview, keinen Vortrag «fallen» für einen Freund. OBWOHL alle so wohl-

Mit Joachim Kaiser beim politisch-literarischen Salon 1972

habend – interessant, wieviel Absagen mit der Begründung «Wir fahren gerade für ... Wochen in unser Haus in Italien/Frankreich/Dänemark/Portugal» kamen.
Es wurde dann dennoch ein rauschendes, wunderbares Fest, genug lustige und interessante Leute, Joachim Kaiser – extra aus München, diesmal besonders charmant/lustig/geistreich; FAZ-Schirrmacher – extra aus Frankfurt – von lässiger Gebildetheit und sehr selbstverständlichem Machtbewußtsein; der still feinsinnige ZEITchef de Weck – – – 35 Gäste tummelten sich um ein reiches Buffet und tranken – als letzter kam Christoph Eschenbach mit 3 «boys» um 2 Uhr morgens – über 100 Flaschen leer.
13. Juni 1998

Mit Uwe Johnson

Eventuell nicht brav

Eben fertig mit der Uwe-Johnson-Reportage und leer wie nach einem Buch; hat mich SEHR angestrengt, nicht nur als «Schreibübung», sondern wegen der persönlichen Nähe und wegen der unvermeidlichen Fragestellung nach Schuld und Versagen der DDR-Intellektuellen, die doch alle gewußt und mitgemacht haben? Die neue Kollektivschuld. Vor paar Tagen dazu ein grauslicher TV-Bericht über die Mauermörder, die natürlich alle «nichts gewußt», «nur Befehlen gehorcht» oder «danebengeschossen» haben (wobei man sich fragt, wie Menschen sterben können, denen man «nur» in die Beine geschossen hat (?)). «Ich habe ein reines Gewissen» war der Tenor von Leuten, die sich's in ihren entsetzlichen Kleinbürgerheimen mit Zierpflanze auf dem Fernseher und Dackel auf dem Arm gemütlich gemacht haben.
29. Juni 1991

Eine andere Scene habe ich ja in einem Roman «verwendet», d.h. umgebaut: ein Abend bei mir am Leinpfad mit Ledig, seiner Frau Jane, Feltrinelli, Giese, James Baldwin. Wie er [Johnson] den anschrie: *«You are not a writer»*, und als Jimmy auf großes pathetisches Predigerformat auflief à la *«The bones of my ancestors are buried in the soil of America»* oder so, schrie der puterrote, betrunkene Deutsche den amerikanischen Neger an: *«And you are not even a negro.»* Die empört intervenierende Jane wurde geschlagen und aufs Sofa geboxt, so daß ihr überreicher Schmuck von ihr abfiel wie die Kugeln vom Weihnachtsbaum. Anschließend fuhr das deutsche Genie mit Ledig in den Puff, d. h., Ledig wollte – wohl auch zur Ablenkung und «Beruhigung» – dorthin, wurde aber in seiner Chauffeur-driven-Limousine von Johnson verprügelt und aus dem Auto geworfen. «Den seh ich nie wieder», sagte Ledig nexten Morgen. Gewiß, aus so was soll eine Biographie nicht bestehen. Aber wenn sie so garkeinen Farbtupfer dieser Art auf der Palette hat, sich nur von einem «Und dann machte er Abitur» (übrigens, weithin unbekannt, mit einem stalintreuen und DDR hymnischen Abituraufsatz) hangelt zum anderen «Und dann schrieb er an Peter Suhrkamp»: Dann ist das eventuell brav. In jedem Fall aber fahl.

26. Oktober 1994

Seltsamer Mensch

Was für ein seltsamer Mensch dieser Hans Mayer, den wir da nun mit Pomp und Prahl und obligatem Lob ins 80. gefeiert haben; er sei «völlig ungerührt und ohne Emotionen». Das entspricht der in Muschgs meisterlicher Laudatio leise angeklungenen Befremdung über Mayers Satz: «Ich habe weder unter meiner Herkunft noch unter meiner Veranlagung je gelitten.» War/Ist er so sehr sein eigenes Sonnensystem, daß Jude- und Schwulsein ihm gleichgültig sind? In der Hotelhalle saß er jedenfalls schon morgens, wie ein Kind die Spielzeug-Geschenke, Telegramme, Zeitungsartikel und (vornehmlich die abgesagten) Funkinterviews befummelnd und sammelnd. Aber die Ehrfurcht vor Kunst ist ihm so eingeboren, daß er sein «Wie geht's Ihnen, was machen Sie als nächstes?» selber unterbrach: «Nein, viel wichtiger – was macht Ihr Roman?» Roman wichtiger als Gesundheit – als das Leben gar?!
20. März 1987

Mit Ernst Schnabel, Walter Schmieding und Hans Mayer 1969 beim Literarischen Kolloquium

Besuch – letzter? – bei Hans Mayer; nach langjähriger «Pause». Er ist seine eigene Anekdote, die so geht: Hans Mayer hat Besuch. Er redet 2 Stunden ohne Unterlaß, wo er alles Vorträge gehalten und welche bedeutenden Leute er dabei getroffen hat. Nach langem betäubtem Schweigen wird der Besucher gefragt: «Und nun zu Ihnen – haben Sie mein neustes Buch gelesen?» So wurde die Frage «Wie geht es?» unwirsch weggewischt (und selbstverständlich seinerseits nicht gestellt), daß er praktisch blind ist und nicht mehr lesen kann – schockierend das Spezialtelefon mit Riesenzahlen auf einer Extratastatur; «eine Bibliothek? Das vermisse ich nicht. Ich habe alles im Kopf, ich habe ein abnormes» – er wollte wohl sagen: enormes – «Gedächtnis.» (Was wahrlich stimmt.) Nur gelegentlich blitzt ein «Erkennen» auf, daß da ein anderer Mensch in Fleisch und Blut sitzt; so, als er von einer Heine-Sendung spricht und fragt, mit welchem Gedicht er sie wohl begönne. Die Lehrer-Schüler-Situation macht ihm Spaß und mehr noch, als ich mit «Vermutlich ‹Die Grenadiere›» das Examen bestehe; «doch ein intelligenter Mann», Schüler Raddatz bekam eine Eins (später noch einmal, als ich eine Zeichnung als von Guttuso erkannte – natürlich war es ein Geschenk von irgendjemand Berühmten). Derlei weicht seine selbstgerechte Intellektualität für einen Moment auf, so erzählt er, daß seine von den Herren Girnus und Schuhmacher gestohlene Leipziger Bibliothek gefunden wurde, er sie «besichtigen» durfte und das erste Buch aus den vielen tausend Bänden, das man für ihn herauszog – ein Band Tucholsky mit FJR-Widmung war. Derlei ist seine einzige Möglichkeit, Freundlichkeit zu zeigen … Selbst die Erwähnung von Unseld – als ich berichtete, daß Suhrkamps Grab in Keitum/Sylt ungepflegt-vernachlässigt ist – produziert nur eine verächtliche Handbewegung. Und ein sofortiges «MEIN Grab wird sehr schön», er hat es sich auf dem Dorotheestädtischen Friedhof gesichert: «Da gehöre ich schließlich hin, ich werde neben Brecht und Eisler und Arnold Zweig und Hermlin liegen, das wird sehr schön.» Er merkt nicht, wie absurd dieser Satz klingt, immer, immer wieder und noch immer, bis über den Tod hinaus, dieses «Ich gehöre zu den Berühmten, ich bin bei feinen Leuten eingeladen», offenbar ein unausrottbarer Minderwertigkeitskomplex, wie es schon Bobrowski in einem schönen Distichon festhielt –, jeder Name gilt nur, wenn er mit Hans Mayer in Beziehung zu setzen ist – sagt man Liebermann, kommt *subito*: «Er hat mir seine Heine-Partitur gewidmet», und sagt man Monk, heißt es: «Ich weiß gar nicht, was er gegen mich hat.» Wapnewski darf überhaupt nicht vorkommen: «Der hält die große Heine-Rede? Da fällt einem nur ein, was einem immer bei Wapnewski einfällt – wieso eigentlich?»

Ich glaube, das vollständige Abhandensein einer menschlichen Dimension hat diesen geradezu panisch intelligenten Mann gehindert, ein bedeutender Mann zu werden.

Menschen sind für ihn Leute.

Tübingen, den 11. November 1997

Das Wunderbare an Amerika

Das Updike-Gespräch: nett und höflich, wie er stets ist (seine Schuppenflechte rötet sich erst im Laufe so einer Debatte, also bei/nach Anstrengung), präzise sich beobachtend – also Auskunft über sich gebend –, wie er die Welt betrachtet und beschreibt – – – – und dennoch etwas flach, unintellektuell, routiniert. Man merkt, daß er – sehr amerikanisch – das Geschäft der Publicity gleichzeitig verachtet und zu betreiben versteht; so ja auch erstaun-

Mit Inge Feltrinelli, John Updike sowie Jane und Heinrich Maria Ledig-Rowohlt

Mit John Updike, Inge Feltrinelli und Heinrich Maria Ledig-Rowohlt

lich, daß er – eine Stunde Autofahrt – in die Stadt kommt, um sich mit mir zu treffen, hätte mich ja auch zu sich ‹kommandieren› können, in irgendein Dorfrestaurant. Er ist ein Scheibenschießer, der auf elegante Weise ins Schwarze trifft – – – aber das Schwarze ist in seinem Fall immer NEBEN der Scheibe. Verblüffend dieses ungebrochene Behaglichkeitsgefühl bei so vielen amerikanischen Autoren über dieses ihr Schrott-Land – auf eine entsprechende Bemerkung von mir sagte Updike, dies sei eben ein freies Land, und das sei ja das Wunderbare an Amerika, und hier könne sich eben jeder kleiden und könne jeder essen, wie und was er will. Meinen Einwand, das könnte man eigentlich in Europa auch, SO frei sei ja das tatsächlich gleichfalls, und mir schiene, daß es die Gesellschaft sei, die diese Menschen wie durch eine gigantische Mühle à la Max und Moritz mahle, und heraus kämen dann eben diese in unserem Fall nicht kleingemahlenen, sondern fettgestanzten Menschen: begriff er offenbar nicht. Der Begriff «gesellschaftlich» ist fremd dort; ich hatte ja dieselbe Erfahrung vor 1 Jahr mit/bei Saul Bellow. Kleines Beispiel: Updike bewunderte den Blick – wie ein kleiner amerikanischer Junge mit Wauhh! – aus dem Fenster im 24. Stock – das ist eben Symbol für «oben». Er sah aber NICHT das Hochhaus genau gegenüber, IN das man in diesem Fall hineinsehen konnte – ‹in Augenhöhe›, wie das neue Modewort heißt (sonst sieht man ja die Skyscraper nur von unten): Da konnte man die Ameisen krabbeln sehen, in jedem Stockwerk in ihren gläsernen Waben eingesperrt, klimatisiert und gestanzt, emsig und taub, gar willenlos gemacht, «job and money» als Lebensmotor ihnen eingesetzt, da, wo Träume, Sehnsüchte, Hoffnungen sitzen müßten. Produkte, nicht Teilhaber der Gesellschaft; auch der Company. Wo Menschen eine Seele haben (sollten), hat man diesen armen Fett-Wesen ein Zähl-Maschin'chen ein-operiert.

Boston, den 5. Mai 2001

Ulkig

Ulkiges Abschieds-Lunch mit Antje Ellermann, die mit ihrem Zauberer auf ein Kreuzfahrtschiff ins Nordmeer braust, drei Wochen mit diesem ihr INNEN fremden Menschen in einer Kabine, das Zauberwägelchen 3mal die Woche auf eine Bühne vor reiche Greise rollend und, was nun vollends bigott, die «Gästebetreuung» bei Landgängen machend (also die Rollstühle in Reykjavík herumrollend?) – so daß ihr neulich, der Millionärstochter, 20 Mark Trinkgeld zugesteckt wurden.
25. Juli 1992

Mit Antje Landshoff-Ellermann

Mit Walter Kempowski

Der Abend mit Kempowski besonders freundschaftlich-angenehm; bis hin zu der Geste, daß er mich fragte, ob er mir Geld leihen solle – wohl nur aus der Biographie erklärbar: Er als EINZIGER stellte diese Frage in meiner ganzen Malaise. Die er und seine – erstaunlich heiter-normale – Frau auch besonders gut verstanden, meine Angst um die Bücher, Akten, Manuskripte; gerade gestern hatte ich ganze Stapel von Vorstudien zu Büchern, durchgearbeitetes Material, Anmerkungsnotizen usw. weggeworfen; in einer Mischung aus Trotz à la «will ja doch keiner haben, wird niemand je reinsehen» und Traurigkeit. Außerdem ist er ein amüsanter Historiograph ... Augenblickweise war es, als spule er mir MEINEN Lebensfilm in Ausschnitten rückwärts ab; z. B. wenn er von einem «großen Abend» bei mir am Leinpfad erzählt (den ich schon vergessen hatte), mit Augstein, der gerade seine Politik-Karriere aufgegeben hatte, und Ernst Bloch, der sich Stuhl und Tisch als Katheder in den Raum arrangiert hatte und von dort donnerte: «Haben Sie das aus gruuhndsäätzlichen Errwääkungen getan», mit Martin Walser und seinem schönen Begleiter und der Dönhoff, mit Grass und Rühmkorf usw. – – – und er, Kempowski, habe sich so klein und unbeachtet gefühlt.

7. April 1991

Vorgestern (!! also an «meinem» 17. Juni ...) bei Kempowski, dessen unermeßlich großes – und verwinkeltes – Caligari-Haus mich nicht nur gruselt (ich wußte buchstäblich momentan nicht, war ich in diesem Raum schon gewesen oder wie kommt man in den nächsten – bzw. vor allem: wie kommt man wieder raus), sondern auch bedrückt: Wie falsch muß ich «investiert» haben angesichts seiner 3000 Tannen, Riesen-Felder, Gartenwege und Eichenanpflanzungen; ich habe 3 Tannen auf der Terrasse in Sylt und eventuell demnächst in einem Teil-Gärtlein 3 Bäume und einen Rhododendronbusch ...

Er selber wieder liebenswert-skurril. Es wird darauf BESTANDEN, daß zu Mittag gegessen wird, obwohl keiner der Beteiligten (die Frau ist ohnehin Vegetarierin) wirklich was essen möchte. Es wird auch gönnerhaft gesagt: «Du darfst ruhig beim Gespräch dabei sein, Irma (??), wenn du dich ruhig hinten in eine Ecke setzt» (es war ein Tonbandinterview für den BR) – – – was sie auch prompt tut. Und es wird allen Ernstes gesagt: «Um Punkt drei bitte Kaffee und Kuchen» – was dann auch die Frau des griesgrämigen Genies Punkt drei serviert. Ein Dorf-Thomas-Mann oder ein Schulmeisterlein Wutz; er sagte hübsche Sachen wie: «Ich bin doch nur ein durch den Fleischwolf ge-

drehter Klops, verglichen mit Ihnen» – womit er seine leichte Konsumierbarkeit meint im Gegensatz zum «Umstritten-Sein» des FJR und die Eingängigkeit seiner Literatur im Gegensatz zu meiner «anspruchsvollen»; und er sagt Absonderlichkeiten im offiziellen Gespräch, so, daß der sozialistische Traum (der immerhin das Jahrhundert beherrschte), seine Utopien, Abgründe und Abstürze, für ihn ÜBERHAUPT NICHT VORHANDEN war, keine Denkkategorie, kein moralisches Glatteis, keine Versuchung. Nie je. Selbst den Alten wie Becher billigte er das nicht zu.
Dafür die fast heimtückisch-genaue Beobachtungsgabe des geborenen Chronisten: Als er mir beim Tee Mineralwasser anbot und ich – meiner Meinung nach höflich – sagte: «Ich bin jetzt beim Tee, danke», konstatierte er – amüsiert: «Das ist eben, warum Sie so unbeliebt sind – Sie weisen die Leute zurecht; eigentlich hieß das ja eben: ‹Sie Dorftrottel haben kein Benehmen und bieten Wasser beim Tee an.›» Garnicht so falsch – sowohl, was mich betrifft, als auch, was ihn.

19. Juni 1991

Vorgestern ein obligatorisch-skurriles Abendessen mit Kempowski (immerhin BESTEHT er drauf, die Rechnung zu begleichen). Er «reist» nur noch mit diesem Sekretär/Chauffeur, den er wie seinen Diener behandelt («Herr Hempel, haben Sie denn auch das Buch mitgebracht, das Raddatz mir widmen soll?»; «Herr Hempel, nun erzählen Sie mal Herrn Raddatz, wie wir mit dem Computer ... !»). Auch im Vier-Jahreszeiten-Grill eher die Allüren des kleinen Mannes, der zu Geld gekommen: «Eure Bratkartoffeln sind nicht gut, neulich waren sie am Rand ganz verbrannt»; «Nein, keine Pfifferlinge, da ist immer Sand drin» – und der Kellner muß, in DIESEM Restaurant, höflich bleiben und beteuern, daß HIER kein Sand drin ... das Wiener Schnitzel – weswegen man ja ohnehin nicht ins Vier Jahreszeiten gehen muß – erst hochgelobt, dann nicht gegessen, das Bier nicht ausgetrunken (ich werde wegen «Alkohol», i. e. Rotweins, gerügt), der Speck auf der Vorspeise des Dieners stibitzt bzw. vom servilen Oberkellner: «Sehr wohl, Herr Kempowski», für ihn nachgebraten und nachgebracht für eine inzwischen kalte Vorspeise, auf die auch gebratener Speck gar nicht paßt – und so. Ansonsten: Beuys «sehr nett, hat mir mal Kaffee und Kuchen angeboten» (womit der gesamte Kunstquark des Herrn Beuys ins positive Töpfchen geordnet); Reemtsma «gräßlich, hat mir nicht die Hand gegeben, und wie kann man dieses Entführungsbuch in der 3. Person

Walter Kempowski

schreiben, hätte ICH NIE getan»; Volker Braun «mag ich nicht, hat mal eine Lesung mit mir abgesagt».
Interessant vor allem aber, mit welcher (getroffenen?) Gereiztheit er auf meinen Einwand reagierte, ob es denn ganz rechtens und reinlich sei, all diese ECHOLOT-Bände unter seinem Namen ALS AUTOR zu publizieren, da doch kein einziges Wort darin von ihm, es doch eher «herausgegeben» heißen müßte … Gereizt wie eine Viper kam: «Sie wissen nicht, wie viel Arbeit ich damit hatte, nicht wahr, Herr Hempel?» Und mein Argument, ich habe auch viel Arbeit gehabt, als ich in allerdings nur drei Bänden MARXISMUS UND LITERATUR herausgab, wäre aber nie auf die Idee gekommen, diese Textsammlung mit FJR zu betiteln – wurde überhört. Stattdessen kam, natürlich, das Walter-Benjamin-Argument und das Pissoir von Duchamp: Nur, weil 2 Leute hochstaplerisch «Zitate» als eigenes Kunstwerk ausgaben, ist das ja noch kein «Gesetz»? Konnten uns nicht einigen, wobei ich zugeben will, daß hier ein Problem steckt. Ich wollte ja auch gar nicht attackieren, nur fragen, ob er nicht meine, daß …
14. August 1999

Sie ist es doch

Gestern abend Telefonat mit Ruth, deren Reaktion auf mein Buch die mir fast wichtigste war; ist SIE es doch, die am genauesten beurteilen kann, was Wahrheit und was Dichtung ist und wieweit letzteres gelungen ist – es ist schließlich IHR Vater, der vorkommt, praktisch als einzige nicht-fiktive Person. Sie ist begeistert und aufgewühlt – und ich daraufhin sehr glücklich. Mehr als über die erste positive Rezension im Tagesspiegel.

14. Oktober 1987

Mit Ruth Pisarek

Mit Ruth Pisarek

Nach Berlin, zur Lesung aus WOLKENTRINKER. Auch da macht mich die Differenz zwischen öffentlicher Verdammung und privater Zustimmung ganz wirre; was stimmt nu?! IMMER sind meine Lesungen überfüllt, dort standen sie auf der Straße an, und verkauft ist praktisch NICHTS. Wenn ich nur höre, wer alles das Buch angeblich wie oft verschenkt hat, müßte das schon eine kleine Auflage sein, selbst der Sohn von Ruth-chen (mit blau gefärbten Haaren, aber irgendwie an den alten Pisarek erinnernd) war da – – – und Ruth, am nächsten Tag, aß mit ihr paar Austern und trank ein Schlückchen Champagner; sie sieht noch immer wunderschön aus, es wäre bestimmt DIE Frau für mich gewesen, und sie konnte zum zigsten Male es nicht lassen, von dem Buch zu schwärmen (das doch recht eigentlich sie auch kränken mußte; Frauen sind ZU seltsam).
23. Januar 1988

2 Stunden Galle

Susan-Sontag-Party-Nachlese: Es war ein SEHR schöner, farbiger Abend in Blütenpracht, Zauberblumen in der Wohnung, herrlichem Buffet und Gästen, die sich offenbar gut mischten. Skurrile Dialoge zwischen Hochhuth und Susan Sontag – er: «Darf ich Ihnen meinen Namen buchstabieren?» Sie: «Aber ich habe einen ganzen Essay über Sie geschrieben.»
9. Mai 1993

Mit Susan Sontag und Günter Grass bei einem von Raddatz ausgerichteten Empfang für Susan Sontag 1993

Mit Susan Sontag 1993 in Hamburg

Amüsant die giftig-bösartige Susan Sontag, die hier 2 Stunden zum Frühstück war – 2 Stunden Galle über alle und alles: Jean Stein eine «Salonière», Enzensberger «disgusting», Bob Wilson ein «couturier», Grass nett, aber dumm, Paul Auster ein schlechter Schriftsteller, Arthur Miller anständig, aber unbegabt und vergessen, Toni Morrison eine geldgierige Zynikerin. Es bleibt nur eine: Susan Sontag. Dennoch witzig, jüdisch-new-yorkerisch-schnell, befreundet tuend (eher vermutlich meinen Namen mit *einem* d schreibend).
New York, den 23. April 1998

Fritz J. Raddatz um 1950 vor der Humboldt-Universität in Berlin

Meine Stadt, Berlin

Vollkommen durcheinander von der Woche in Berlin (Ost), meine «Heimkehr» – und auch wieder nicht … Dennoch ist's MEINE Stadt, ich liebe den Himmel, die Farben, den Dialekt, und wenn der Taxifahrer auf die Frage nach seinen Kindern sagt: «Icke? Eens», dann ist es für mich wie Musik, und wenn zwei Knirpse mein Auto anhimmeln (auch noch, als ich vom Grab Erich Arendts und Brechts kam), einfach sagen: «Kenn wa ma mitfahrn, fährste uns zum Weehjnachtsmarjkt?», dann muß ich so lachen, daß ich die kessen Dreikäsehochs wirklich zum Weihnachtsmarkt fuhr: «Icke? Zehn» …
Ich kann noch immer nicht schlafen, rauche zu viel, bin verwirrt und zerwirbelt – möchte am liebsten morgen wieder hin – und auch nicht.
Berlin, den 12. Dezember 1989

Außen Marmor, innen Gips

Meine Mittwoch-PEN-Party war ein wunderbarer Erfolg, weil sich auch alle deutlich sehr wohl gefühlt hatten. Stefan Heym sagte, es sei sein schönstes Fest seit 20 Jahren gewesen, viele andere sagten, dies sei das einzig «Memorable» des ganzen Kongresses, und Susan Sontag war «overwhelmed by your apartment».
Einen schlimmen Eindruck machte Hermlin, über den ja schon Brecht gesagt haben soll, «außen Marmor und innen Gips». Nun NUR noch Gips …
27. Juni 1986

Mit Stephan Hermlin

Am Rande des Gaus-Abends in Berlin langes, erstaunlich friedfertiges (da wir doch verkracht waren) und ernsthaftes Gespräch mit Stephan Hermlin. Wenn auch ziemlich wirr. So spricht er geradezu mit Kinderstolz davon: «Sie wissen, daß ich PDS-Mann bin» und erzählt, gleichsam im selben Atemzug: «Die SED war schon 1959 nicht mehr meine Partei»; was eine Antwort ist auf meine Erinnerung: «Wissen Sie noch, wie Sie vor vielen, vielen Jahren auf meinem Sofa saßen und mir sagten: ‹Dies ist nicht mehr meine Partei – aber wenn Sie das veröffentlichen, werde ich leugnen, das je gesagt zu haben.›» Das muß Anfang der 70er gewesen sein, da kam er mit seiner damals unbekannten Ulla Hahn, und ich habe mich daran gehalten und es nie öffentlich gemacht. Aber wieso ist/bleibt jemand in einer Partei, die – wie ich nun erfahre – seit Jahrzehnten schon nicht mehr «meine» ist? Das sind nicht nur Wirrseligkeiten eines alten Mannes (er wird 80), es ist auch Biographie-Zickzack. Mit Manès Sperber sei er gut ausgekommen (das war doch der Feind Nummer 1?), aber Jorge Semprún ist «fast ein Faschist».
30. November 1994

Eine starke, stolze Frau

Mary Tucholsky ist tot – und draußen ist strahlender Herbst; Tucholskys «fünfte Jahreszeit» …
Die Bäume verlieren die Blätter und die Menschen ihr Herz. Ich bin nicht erschrocken, weil sie ja schon lange starb, ein peinigend-schmählicher *mort à crédit*, Zerfall und Siechtum dieser einst so starken und stolzen Frau. Aber ein Loch gähnt eben doch. Oder bin ich auch kühler geworden, kann nicht mehr weinen, bestürzt sein?
17. Oktober 1987

Bei der Beerdigung von Mary Tucholsky vor deren Porträt 1987

Ach, wissen Se, mein Lieber

Tapfere Knef. Die Zeitungen sind voll mit/über eine(r) neue(n) CD, einige hochrühmend. Ein sympathisches Stehaufweibchen, nach 1000 Krankheiten, Scheidungen, Finanzkatastrophen und sonstigen Abstürzen; «unsere Generation» gibt nicht so leicht auf... wie lang es wohl her ist, als sie bei einem meiner Feste am Leinpfad – «Was hast du da für ne scheußliche Pufflampe?» sagte sie zu einer wunderschönen Jugendstil-Lampe – über den Herrn Augstein wegschnippte, der sich irgendwie huldvoll-blasiert zu ihr herabließ: «Ach, wissen Se, mein Lieber, Sie denken, Sie seien berühmt. Steigen Sie mal in Alabama die Gangway runter – da wird Sie kein Schwanz erkennen. Mich aber!»
4. November 1999

Mit Hildegard Knef

Lustig gestritten? 1989 mit Günter Grass und Peter Rühmkorf

Gestern abend schöner Abend bei Grass, mit Rühmkorf und Duve (der «sehr Politiker» war, etwas unangenehm stramm wie immer), Rühmkorf weich und witzig und nach einer Rükkenoperation fabelhaft aussehend, voller trauriger Selbstironie, aber auch kämpferisch. Grass einerseits lieb und weich, freute sich offensichtlich auf den Abend mit Freunden und über den Besuch – andererseits hat er eben immer diese Mittelpunkts- und Herrschergeste: «Jetzt will ich reden», wird nervös und geradezu ärgerlich, wenn andere sich unterhalten und nicht auf sein Sphinxwort warten, mit dem er alle 7 Welträtsel löst.

So haben wir uns – bei übrigens sehr gutem Essen – auch lustig gestritten: Mein angesichts der immer grotesker

Mit Peter Rühmkorf und Günter Grass in der Akademie der Künste in Hamburg

werdenden Verhältnisse in der DDR (respektive «aus» der DDR – also der Flüchtlinge) traurig-schneidender Abschied von allem, was mal als Sozialismus gedacht war, was man selber als eben doch vielleicht noch realisierbar, und wenn auch nur in Spurenelementen bewahrbar, dachte – – – stieß bei ihm auf pures Nichtverstehen. Sozialdemokratie sei eben die Lösung, hier wie überall, und er würde nicht nur wieder in den Wahlkampf ziehen, sondern auch bei einer eventuellen Gründung einer Art sozialdemokratischen Partei in Polen mitmachen. Das finde ich erstens so grotesk wie seine Appelle, aus dem ADAC auszutreten usw. – zweitens aber den eigentlichen Punkt garnicht begreifend: Denn nicht nur hat die Idee des Sozialismus (i. e. ihre Verwirklichung) ÜBERALL versagt – sondern hat auch die Sozialdemokratie, von Weimar bis heute, versagt. Neben ein paar Glanzlichtern wie Brandts Kniefall und seiner Ostpolitik hat sie von den Schmidtschen Raketen bis zu Brandts Berufsverboten doch NICHTS Wichtiges, Bewegendes herbeigeführt – was nicht-bürgerliche Parteien genauso gut gemacht hätten, irgendwelche verkaufsoffene Samstage, Urlaubstage mehr oder Rentenerhöhungen. Woher so ein Mann wie Grass den Mut und die gleichzeitige Naivität zu diesem Kinderglauben hat und auch eine bestimmte Beschränktheit – er stellt sich NIEMALS selber in Frage, er weiß ALLES zum Thema Deutsche Einheit etwa – das nächste Streitthema des Abends, weil ich ja finde, man tut Walser und seinem Aufsatz unrecht; Grass hingegen wußte vor allem rügend wie durch ein Lorgnon zu vermerken, daß Walser ja IHN darin (indirekt) kritisiert habe – offenbar ein Sakrileg, das jedem seiner Argumente Berechtigung, Würde und Wahrheit nimmt und ihn geradezu ausschließt, wenn nicht gleich aus der menschlichen Gemeinschaft, dann aber aus der Gemeinschaft der anständigen Intellektuellen. Grass kritisieren – undenkbar und unmöglich. Der in so was genauso blinde Rühmkorf applaudiert solchem Unsinn auch noch, er habe ja Walser IMMER schon im Verdacht gehabt, «eigentlich rechts» zu sein. Sie tragen ihr Links-Sein wie eine Monstranz vor sich her, mit der sie die Welt beschwören und von sich wegweisen. Links = gut. Wie töricht. Die sind nicht in der Lage, wirklich radikal zu denken – was ja doch hieße, auch mal die eigenen Positionen zu überdenken, gar zu verändern. Sie reden seit 20 Jahren dieselben Legosätze.

13. August 1989

Köstliche Scenen

Gestern (Sonntag) Landpartie in Richtung Gorleben, wo im und nebst dem idyllisch gelegenen Sitz von Uwe Bremer in Gümse ein Schriftstellertreffen war. Ich fuhr aus dem vermutlich gleichen Grunde hin wie die Darsteller: um mal für ein paar Stunden aus der selbstgewählten Einsamkeit auszubrechen. Nur: Nach ein paar Minuten ist einem auch das wieder zuviel, ein «Hallo, wie geht's denn» und «Mein Gott, was ist das schön hier» genügen einem bereits – dann will man schon wieder flüchten.
Typisch, daß der eben erst aus USA «re-emigrierte» Lettau, der dort in einem ehemaligen Plessen-Haus wohnen wird . . . , genauso reagierte und sich ob der Nähe der zu vielen anderen (Schriftsteller) schüttelte. Er war herrlich-skurril wie immer, jeder Alltagsvorfall wird bei ihm ja zur Katastrophe (ein Wespenstich auf der Nase seiner Frau: ein «antisemitischer Angriff – ich habe das Hakenkreuz auf der Stirn der Wespe deutlich gesehen») – woraus ja wieder seine Stahlstich-Literatur lebt, von der er köstliche Scenen trauriger, ja melancholischer Bigotterie las. Im Abstand die avancierteste Literatur.
26. August 1991

Mit Reinhard Lettau

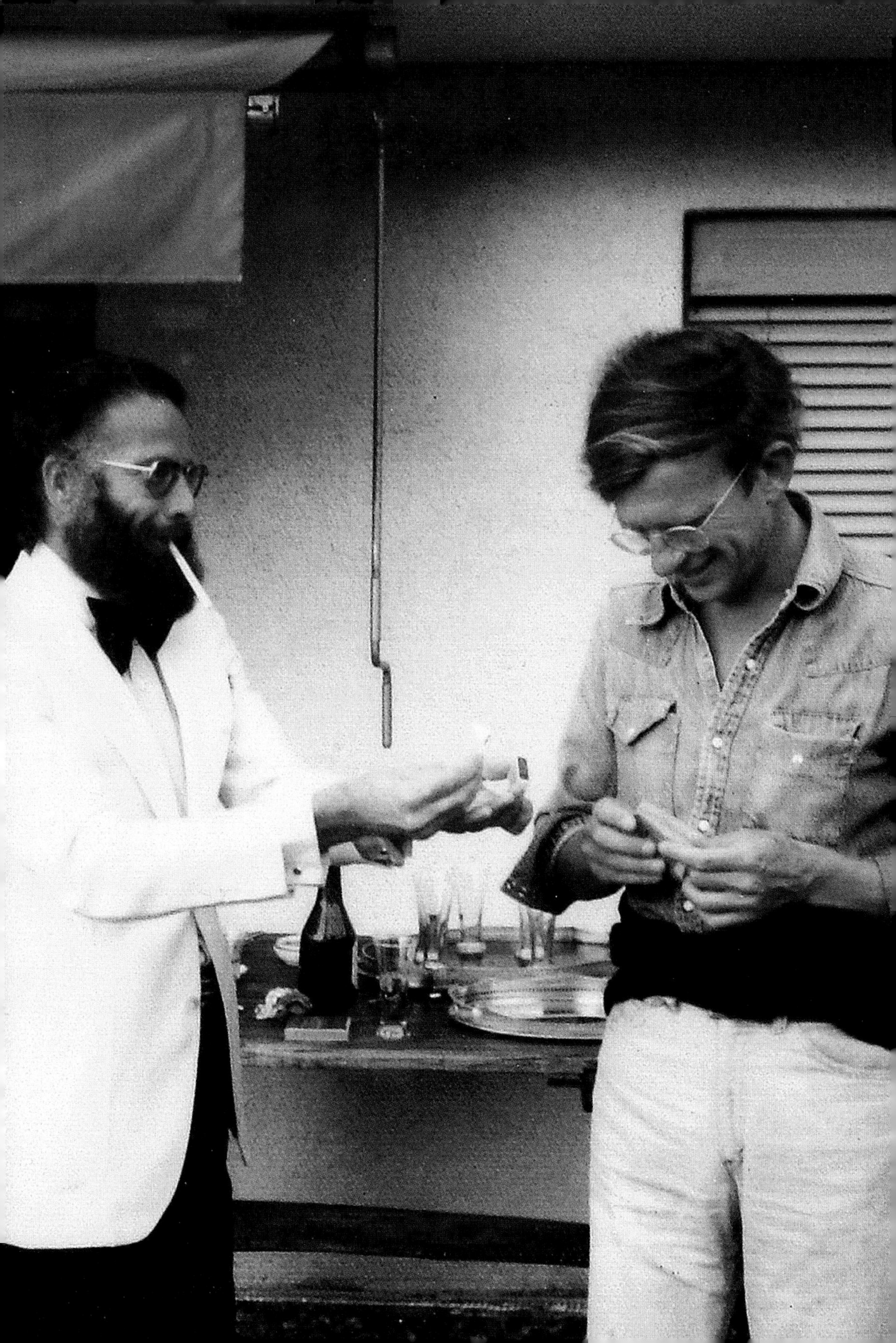

«Mein» Pfaffe

Am Mittwochnachmittag Besuch einer ganz netten, nicht unintelligenten Fernsehtante, die einen TVfilm über die politischen Haftanstalten der Ex-DDR und die kirchliche Betreuung dort macht – also über «meinen» Pfaffen Mund. Langes Gespräch über dessen Rolle, Vita, intellektuelle Biographie … Schwer, die vielfach zwielichtige und dann doch wieder integere Figur des Pfaffen zu verdeutlichen: ZK und Pfarrer, Oberst der Volkspolizei und Vertrauter der Kirchenleitung, SEDmitglied und Nicht-mehr-Marxist. Niemand kann ich allein den geradezu anekdotisch anmutenden WAHREN Zusammenhang erzählen und erläutern, wie es WIRKLICH zu dieser

Mit Jochen Mund

ganzen Anstaltsseelsorge kam: daß nämlich wir beiden schwulen Lover, ich noch mit Westberliner Ausweispapieren und er mit ZKausweis und ZKauto (die hatten eigene Nummernschilder, damit sie gleich erkennbar waren und nie kontrolliert wurden), in eine SEDgärtnerei am Rande Berlins fuhren, um Geranien für den Wintergarten des neu zu beziehenden Hauses in Ostberlin (also 1949, mitten im Umzug dorthin) zu kaufen; es gab ja keine Blumen im Osten. Aber ein überbeflissener Volkspolizist kontrollierte doch die Papiere, stutzte über meinen Westausweis in einem ZKauto, vor Aufregung fiel Jochen Westgeld aus dem ZKausweis – und schon waren wir verhaftet. Der kleine Polizist dachte, er habe DEN Agentenfang seines Lebens gemacht, und erst nach endlosen Telefonaten mit Berlin (wir waren an der Grenze zur Zone) durften wir, mit einem Volkspolizeioffizier im Wagen, zurück – und zwar direkt ins ZK, wo wir von einem Obermotz im Allerheiligsten «verhört» wurden, der aus allen Wolken fiel: «Wir haben einen GENOSSEN PFARRER IM ZK? Das wußte ich ja garnicht, und das ist ja unerhört – und unerhört günstig, ich habe nämlich gerade hochkomplizierte Verhandlungen mit Bischof Dibelius wegen ...» Und damit begann das Ganze. Geschichte ist AUCH SO ...

8. August 1992

Besuch einer alten Dame

Mit Jochen, Gaby und Gitta Mund in den fünfziger Jahren

Besuch der alten Dame (Pfaffenwitwe aus München). Ankunft nach 12 Stunden Bahnfahrt, ohne ein Zeichen von Müdigkeit, keß sitzendes Toupet wie ein fesches Hüt'chen. Von der Waggontür an ein Sturzbach beginnend: «2. Klasse ja unmöglich, bin in Augsburg in die 1. umgestiegen, schönes Wetter hier, bei uns hat's ja geregnet, nettes Auto hast du (zu dem feinen Jaguar!), aber bißchen unbequem, schöne Grüße von Gaby (Tochter aus Amerika), sie wird nachher anrufen. Und was machen wir heute abend, zuerst will ich mal ans Meer.»
Ich war schon bei der Ankunft im Hause einer Ohnmacht nahe. «Na, jetzt wollen wir erst mal alles besichtigen – ach, Fritz, was bist du doch reich geworden, ach, ne Dusche hast du auch, und wo schlafe ich, schönes Bild, ist das Wunderlich (es war ein Foto), und das Foto von deiner Schwester auf dem Schreibtisch ist auch sehr schön,

sie ist also wieder blond (es war ein Foto von Gabriele Henkel), ja, ein Glas Champagner trinke ich noch, aber dann Schluß – na, noch ein letztes. Aber jetzt habe ich Hunger.»
Ich decke auf der Terrasse – Lachs, geräucherte Forelle, frische Butter, Vollkornbrot, Weißwein, alles verschwindet unter dem Ruf «Ich esse abends so gut wie nichts» in Blitzeseile – «Darf ich mir noch diese (die vierte) Scheibe Lachs nehmen?» –, die Forelle lächelt wie von Piranhas «gereinigt», der Wein ist alle. «Und nun den Käse, nicht wahr.» Der vorsichtshalber zarte Emmentaler (von wegen krank und schwach und Diät) bleibt verachtet liegen, eine Rolle Ziegenkäse ist weg: «Wunderbar diese Butter, wenn Jochen das noch wüßte, hast du noch etwas Brot, und der frische Camembert, auch sehr gut, aber ist das deine letzte Flasche Rotwein? Rotwein hat mir der Arzt empfohlen ...» Es klingelt das Telefon, und während des halbstündigen Telefonats aus Amerika schleiche ich mich in den Weinkeller, höre beim Aufziehen der nächsten Flaschen nur Satzfetzen: «Ja, wir haben gerade ANGEFANGEN zu essen.» und «Herrlich, hier könnte ich länger bleiben.» Als die nächste Flasche zur Hälfte geleert ist und ich bereits erschöpft auf die Uhr sehe, erfolgt das Kommando: «Und nun gehen wir ans Meer, ich will doch den Sonnenuntergang sehen, das muß ich ja alles Jochen erzählen (!!!). Wir können ja den Rest nachher austrinken.» (Ihr Mann Jochen Mund ist lange tot.)
In einem Nebelgemisch aus Müdigkeit und Besoffenheit wanke ich neben der wacker in festen Schuhen marschierenden 75jährigen – «Manchmal könnte ich lachen, wenn ich denke, daß ich 75 bin» –, die vor 14 Tagen von einer einmonatigen USAreise zurückkam, die Steilküste entlang, dann gibt es rote Grütze – «Du hast aber kleine Schüsselchen!» – und dann Portwein, den auch der Arzt verschrieben hat, und als ich um Mitternacht sage, ich müsse ins Bett, ist der Gast verwundert.
Das so vorsichtig wie mühsam für die Diätbedürfnisse besorgte Frühstück, Magerquark und Margarine und Knäckebrot, wird etwas umgestaltet. «Ungarische Salami ist das? Herrlich, davon nehme ich auch, und von dem Pfefferschinken, Butter hast du doch genug da? Aber Brot, habe ich gesehen, ist nicht mehr viel, na, dann nehme ich für die Landleberwurst eben Knäcke, muß auch mal gehen ... Und nun muß ich mich zum Gottesdienst fertigmachen ... du mußt mich deinem Pastor vorstellen, von dem du dich doch beerdigen lassen willst, und mir auch dein Grab zeigen – ich bin schließlich eine alte Pfarrfrau ...»
Kampen, den 13./14. Juni 1992

Begegnung mit García Márquez – *finally*. Beginnt mit Mißverständnis, als ich vom Element der «Vanité» in seinem Werk spreche (das Gespräch geht auf Französisch); ich meine Vergeblichkeit. Er, in weißem Seidenanzug, weißem Lack-Armband an der weißen Uhr, weißen Lederslippers, weißem Kugelschreiber, blickt verstört. Lehnt (schließlich verständigen wir uns) Vergeblichkeit, Tod als Element seiner Prosa ab, Tod ist nichts als das Nichts. Schreiben, um zu überleben.
Lehnt alle Konzepte – als europäisch – ab. Lebt(e) ohne Theorie, nie Marx, Lenin, Trotzki gelesen. Sozialist der Praxis – ohne Sozialismus. «Es gibt keinen, nicht in Moskau (wo er gerade

Mit Gabriel García Márquez in Kolumbien 1987

herkommt), nicht in Kuba.» Sieht in Kuba keine Menschenrechtsverletzungen: «Sonst würde ich mit Castro brechen.»
Im Restaurant, nichts ist ihm «einfach» genug. «Last des Ruhmes» – blickt ständig um sich, ob er erkannt wird. Diskussionen (etwa mit Sartre) haßt er.
Kolumbien: «Ich bin überall Kolumbianer.» «Die herrschende Klasse haßt mich.» «Ihre Funktionäre, die Regierung, unterhalten gute Beziehungen mit mir (wie mit ‹einer Macht›).»
«Mein Werk ist ohne Denken, ist eine Aneinanderreihung von – gelegentlich größeren – Anekdoten.»
Über Faulkner: «Gibt keinen – überhaupt keinen – literarischen Einfluß. Nur ähnelt sein Süden ein wenig meiner Karibik.»
«Herbst der Patriarchen» sei seine «Autobiographie». Will das aber nicht erläutern. Dann: «Es ist mein einziges Buch einer Person, keine gestohlenen (erfundenen) Lebensläufe.»
Sein literarisches Prinzip sei die «montierte und interpretierte Wirklichkeit».
«Ihr Europäer – für uns ist nicht die Sowjetunion der Feind, sondern die USA. Ihr seht und urteilt noch immer von euch aus, als sei Europa noch das Zentrum.»
Barcelona, den 25. August 1987

Eine gemischte Gesellschaft

Gestern schön-verrückt-farbig-abstruser Abend mit und für Wolf Wondratschek, der im INTERCONTI eine Lyriklesung hatte anläßlich der wirklich sehr absonderlichen Idee des Hotels, eine ganze Etage – also in JEDEM Zimmer statt der üblichen Redouté-Rosen oder anderer Scheußlichkeiten – GEDICHTE von ihm in Rahmen wie Bilder aufzuhängen (UND in jedem Zimmer, quasi neben der Bibel, ein Buch von ihm auszulegen).

Das war schon mal als «Ereignis» lustig, tatsächlich war die ganze Etage – mit den grauslichsten «Senator-Lounges» in Hotelchippendale – zu besichtigen, man ging von Zimmer zu Zimmer, immer ein wenig erschrocken, wenn da schon jemand drin war – aber es waren halt immer Party-Gäste; auf den Fluren köstliche Häppchen und guter Wein bzw. Champagner. *«Tout Hambourg»* – was in diesem Fall eine absonderliche Pointe hatte: Wondratschek ist ja gleichsam ein un-schwuler Fichte, d. h., er treibt sich mit Vorliebe auf der Reeperbahn oder in ähnlichen Milieus herum. So waren bereits bei der Lesung in einem der «Festsäle» die aufgedonnerten «Damen».

Neben den Hamburgerinnen im kleinen Grauen Zuhälter mit Sonnenbrillen und goldenen Armbändern neben irgendwelchen Kulturbeamten und/oder SPIEGELredakteuren, ein grotesker Zirkus – mal wurde ich einem Herrn Marke oder Maske vorgestellt, das war wohl ein preisgekrönter Boxer, mal wollte der «König von St. Pauli», ein stadtbekannter Zuhälter, Bordellbesitzer und wohl auch «bißchen» Verbrecher, von mir wissen: «Sahn Se ma, wat is denn nun der Unterschied zwischen Gedichten und Romanen.»

Beim «gesetzten» Essen dann – für die *«happy few»*, ein Essen mit vielen Gängen, Weinen und allen Raffinessen – war für eine Weile mein Gegenüber der ehemalige Chefredakteur der BILDzeitung. Wahrlich, ich habe lange nicht mehr eine so gemischte Gesellschaft erlebt – und einen immerhin so unspießigen Schriftstellerkollegen. Der aber natürlich – wie alle anderen – ruhmgierig ist, unter der Camouflage «Was geht mich der Rummel an». Zum Beispiel nach einem Kurzinterview, das wir gemeinsam in einer dieser Hotelsuiten absolvieren mußten – im Anschluß sagte er: «Du warst brillant, kannst du

Mit Wolf Wondratschek

nicht in diesem Sinne irgendwo über mich schreiben?» Oder: Er hatte mir gerade – wieder in einem anderen Zimmer – erzählt, er führe nächste Woche nach Cuba und ich möge ihm doch Hotel- usw. Ratschläge geben, und ich begann gerade meine lustige Leihwagen-Benzin-kein-Benzin-Geschichte, da kam der Herr Hage vom SPIEGEL ins Zimmer: Auf stand mein lieber Wondratschek, ich war MITTEN in einem Satz, ließ mich stehen respektive sitzen und flog auf Hage zu und mit dem los, anderswohin: Es könne sich ja ergeben, daß im SPIEGEL – «gräßliches Blatt» – sich etwas ergäbe, ein paar ach so verachtenswerte Zeilchen. Zu Tisch wurde der Herr Hage dann nicht gebeten. Aber was ist eine lustige Geschichte aus Cuba gegen eine Erwähnung im verachteten SPIEGEL?

15. April 1997

Briefe an den Autor

Dr. phil. h. c. Ralph Giordano
12. November 2010

Lieber Fritz J. Raddatz,

«Und nun? Wie geht es weiter?»
So, der Sage nach oder tatsächlich, Ernst Bloch in den 70er Jahren des vorigen Jahrhunderts, als der Straßenfeger einer britischen TV-Familien-Saga (irgendwas mit *Forsythe*) in der ARD sich nach endlos langer Sendedauer und ohrwurmhafter Erkennungsmelodie vom Bildschirm verabschiedete. Das ist nun zwar ein asymmetrischer Vergleich, aber: «Und nun? Wie geht es weiter?», eben das habe ich mich gefragt, nachdem ich gerade die letzte Seite Ihrer «Tagebücher 1982–2001» umgeschlagen habe. Eine Lektüre, der ich mich unter Vernachlässigung eigener Pflichten geradezu süchtig unterzogen habe, um so betrübter, je näher ich dem Ende des Riesenfreskos entgegenlas, und das eigentlich von der zweiten Seite an. Ich habe weder den Mut noch die Lust noch das Bedürfnis, Bewertungen abzugeben, Noten zu fällen, sondern bilanziere einfach, ein Prädikat: «Du bist davon nicht losgekommen» – che vita! Bin 87, Jahrgang 1923, also acht Jahre älter als Sie, und weiß, wovon Sie reden.
Nach so erheblicher Lese- und Denkenergie meinerseits nun die Rache: meine Memoiren «Erinnerungen eines Davongekommenen» hierbei (2007). Ich kann mir vorstellen, daß dies und das Sie interessieren könnte, obschon es mit Bedenken abgeht. Nur tut es mir irgendwie gut, das Buch bei Ihnen zu wissen. Ich habe Sie immer als antinazistischen Bundesgenossen empfunden und bei der Lektüre der «Tagebücher» mehr als einmal aufgeheult, wenn es gegen die Nazis ging und Sie sich über Symptome der «zweiten Schuld» empörten. Wohltuende Übereinstimmung, einmal von Ihnen ja auch zitiert. Seit 2001 sind 10 Jahre vergangen. Was tat sich seither? Da ist man doch neugierig, hat Fragen nach Gesundheits- und Krankheitszustand, auch nach Ihrem Seelenheil von heute, nachdem Sie sich schon vor drei Dezennien dem alten Eisen zurechneten und sich mürbe erklärten, unzählige Male. Da fragt man sich ganz touched: Und heute, nach so vielen weiteren Jahren? Das möchte man gern wissen. Wir wuchern ja einer Jünger'schen Lebensdauer entgegen.
Dies noch: Sie sind wahrlich der Chronist unserer Eitelkeiten – von Schauspielern, Schriftstellern, Verlegern,

Publizisten, es gibt ja so gut wie keine Spezies, die von Ihnen vergessen worden wäre. So wahr wie erschreckend, da kann man anthropologisch resignieren. Erbärmlich, wenn dahinter, drüber und drunter nichts anderes mehr steckt, grimassierende Fassaden. Lesen die Genannten das auch?
Von der Last, ein ehrliches Buch zu schreiben. Ihres hat mich Wochen beschäftigt und wird noch lange nachtönen. Schade, daß wir so aneinander vorbeigegangen sind. Ich erinnere mich an einige wenige Begegnungen, einmal im Hamburger Literaturhaus, wo auch Günter Grass war.
Unsere persönliche Bekanntschaft ist denn auch wohl eher so, daß ich als Anrede «Sehr geehrter Herr ...» hätte schreiben sollen.
Doch das wollte mir nicht so recht gelingen. Denn nun weiß ich ja mehr von Ihnen.

Dafür dankt
Ihr Ralph Giordano

Haug von Kuenheim
17. Oktober 2010

Lieber Fritz Jott,

es passiert im Leben wahrscheinlich nur wenige Male, daß Bücher erscheinen, die einem wichtig sind, die nachdenklich machen und dabei noch unterhaltend sind.
Ihre Tagebücher habe ich nicht geblättert, ich habe sie von der ersten bis zur letzten Zeile gelesen und bin, heute abend, Sonntag, immer noch erschlagen von der Lektüre.
Wahrscheinlich hätte ich sie mit der gleichen Spannung gelesen, kennte ich Sie nicht und auch nicht die Menschen, die bei Ihnen auftauchen.
Was Sie zu Proust sagen und dem wahrscheinlich von mir überschätzten Fontane, war für mich aufschlußreich, wunderbare Essays «Ich bin das 4. Programm» schreiben Sie. Ein herrliches Bild, so war oder so ist es wohl. Aber das kommt halt daher, wer so gebildet, so belesen ist wie Sie und überbordend von Anekdoten, der muß geben.
Auch den Bordeaux. Nur, bitte, welchen Winzer offerieren Sie? Welchen Jahrgang? Bitte genauer! Sie waren doch mal Journalist!!
Journalist oder Schriftsteller? Fritz, auch wenn es Ihnen schwerfällt, dieses zu lesen: Sie sind – auch – ein begnadeter Journalist, der mit Worten spielend seine Sache treffend darzustellen weiß. In Ihren Jahren in unserer Zeitung habe ich davon gezehrt, nein wir alle, die wir an dem Blatt hingen, von Ihren Einfällen, Ihren Beiträgen in den Konferenzen.
Sie werden sich nicht mehr daran erinnern. In die hübsche «Warum»-Sammlung schrieben Sie mit Ihrer großen eindrucksvollen Schrift: «WARUM bekommt ein Mensch namens Haug Nr. 1 von diesem Büchlein? WEIL er als erster den Charme, den Witz und die Traurigkeit verstanden hatte vom FJR.»
Ich glaube, ich habe sehr vieles in den Tagebüchern verstanden. Und ich bin im Nachhinein traurig und beschämt, daß Ihnen die Gesten, die Sie mit Recht erwarten konnten, vorenthalten wurden. Sie gaben alles und bekamen wenig.
Ich fühle mich ein wenig schuldig oder mitschuldig.
Lieber Fritz, Sie schreiben viel vom Alter und vom Ende. Schön ist es trotzdem, daß Sie trotz aller Bresthaftigkeiten des Alters immer weiter – auch

nach 2001 – lebendige Jahre Ihrem Leben hinzufügen.
Diese Tagebücher dürfen nicht Ihr letztes Wort sein! …
Lieber Fritz, Sie wurden nicht gehaßt, viele nur haben Sie nicht verstanden und fanden deshalb nur schwer Zugang zu Ihnen. Sie wurden, Sie werden auch geliebt.

Sehr herzliche Grüße auch an den von Ihnen so zurückhaltend lieb gezeichneten Gerd.

Ihr Haug

P.S. Daß ich Ihrer Charakterisierung der Gräfin nicht unbedingt folgen kann, sollte Sie nicht irritieren.

Rolf Hochhuth
4. Oktober 2010

Lieber Fritz,

erst seit Dein Tagebuch vorliegt – merke ich, entschuldige meine (mit dem Alter stark zunehmende) Eitelkeit, vermutlich aus Todangst –, daß ja Du und ich die geistig nächstverwandten Generationsgenossen sind!
Ich könnte – siehe meine Besprechung – selber kein Tagebuch schreiben wegen ständiger Lügen aus Zwang zu Lücken, familienbedingt. Diese Rücksicht mußt Du nicht nehmen: Absolute Vorbedingung, als Journal-Autor bedeutend zu werden! Wo es menschlich heikel wird, wäre ich ja zeitlebens genötigt zu schwindeln …
Doch darüber hinaus (oder darunter!): Wie vieles, wenn nicht *alles*, betrifft uns als Jahrgänger gemeinsam. Du hast natürlich mir die Auslandkenntnis voraus, die Fähigkeit zu vielen Sprachen, das mehrmals Weltumreisende – was alles mir gänzlich abging.
Doch der geistige Haushalt, den *Sarkasmus*, mit dem wir beide akzeptieren mußten, wie sehr wir doch Geknechtete unserer Epoche, unseres fast gleichen Jobs sind – wie immer: Bist der *einzige* Autor, neben Koch, dem Arzt, der «nur» Leser ist wie sein Arzt-Vater, der auch schon täglich ein Buch kaufte – der einzige, den ich den Wahlverwandten nenne – ein sehr großes Glück für mich, Ihr beide!
Das alles deshalb heute hier, weil ich das nicht in meiner Rezension sagen darf! …

Sei resigniert umarmt
Rolf

P.S. Leider, Fritz, vertrauter Jahrgänger, kann ich Dir wie mir an unserm Ende diesen 7-Zeiler nicht ersparen:

Abmüdung

– nicht nur des Einzelnen, nein, auch der Kultur,
in deren Mitte wir einst jung.
80, Selbstbefragung: *Bleibt* ihre Spur?
Haben wir, 1945 durch 4 Alliierte befreit,
so Nennenswertes aus unserm Freisein *gemacht*,
überhaupt noch *vorzukommen* im Stromab der Zeit?
Vergeht nicht *windschnell*, was wir gekonnt, gedacht?

Tobias Bange
28. November 2010

Sehr geehrter Herr Raddatz,

tief bewegt, amüsiert und ergriffen, lege ich für einen Moment – nach immerhin 800 Seiten Lektüre – Ihr Buch beiseite, um Ihnen zu schreiben. Ihr Buch ist einfach grandios! Mittlerweile habe ich bereits ein kleines Register angelegt mit Anmerkungen, aber auch Fragen zu Ihrem Buch. Besonders gefallen haben mir Ihre wunderbaren Porträts der BRASCHBIERMANN-KEMPOWSKIHEYMUNDWOLF-Gesellschaft. Ihre Personen-Schilderungen sind impressionistische Meisterwerke. Bei Frau Hamm-Brücher dachte ich an Tony aus den «Buddenbrooks», nachdem sie von Grünlich geschieden und von Permaneder betrogen wurde. Dieses «alt gewordene Mädchen, das sich seine Ideale nicht nehmen lassen will». Und der Erzähler fragt ganz frech: «Welche Ideale? Welche hat sie verwirklicht?», diese ganze Kultur-Schickeria, wunderbar: der gräßliche Augstein, der zugekokste und geniale Brasch, Kempowski mit seinem Adlatus etc. Aber ich fragte mich nun dauernd: Sind die, die noch am Leben sind – aber auch die Witwen und Waisen (die Unseld-Jens-und-Augstein-Juniors) nun beleidigt, und vor allem: läßt man Sie jetzt eigentlich noch frei durch Hamburg laufen – müssen Sie bald irgendwo Asyl beantragen? Und ich fragte weiter: Wer ist eigentlich die Person, die da spricht? Sind Sie es – Fritz Raddatz –, oder ist es doch eher die Stimme eines Erzählers jenseits des Autors? Denn Ihr Buch erscheint mir weniger wie ein Tagebuch als wie ein großer Roman. Deshalb spielte es für mich keine Rolle, ob die Fakten stimmten, aber dennoch: War Thomas Mann wirklich so ein Raffke, wie Sie ihn schildern? Hat er wirklich den Fischer-Verlag um Lizenzen bzw. Tantiemen für die in Osteuropa verkauften Bücher betrogen? Ihre Schilderungen von Hans Mayer trieben mir Tränen des Lachens in die Augen. Ja, so hätte es sein können! … Egal ob Fakt oder Fiktion! – es ist einfach große Literatur, und die ist eben immer gut erfundene Wirklichkeit …

An einer Stelle reflektieren Sie über die Tagebuchaufzeichnungen Thomas Manns. Diese seien wie die vom Tisch gefallenen Brosamen eines großen Werkes. Für Ihre Tagebücher gilt das gewiß nicht! Es sind zwar auch die vom Fußboden der Reichen und Gebildeten aufgelesenen Brosamen. Aber Sie fügen sie zu einem wundervoll geformten Stück großer Literatur. Ihr schöner Roman, der sich mit dem Titel «Tagebücher 1982–2001» tarnt, erscheint mir wie ein großes Gesellschaftsepos in der besten Tradition eines Grimmelshausen. Nur eine Sache fragte ich mich beim Lesen: Wer ist eigentlich «DIE MONDÄNE»? Könnte es vielleicht sein, daß Sie selbst «DIE MONDÄNE» sind – Ihr ALTER EGO? …

Herzliche Grüße
Tobias Bange

Werner Kupke
27. September 2010

Sehr geehrter Herr Raddatz,

«der große deutsche Gesellschaftsroman», so Frank Schirrmacher über Ihre Tagebuchveröffentlichung. Für mich ist es eine Reise durch ein Viertel Ihres bisherigen Lebens: immer interessant, bewegt, engagiert, die Zeitgenossen schmirgelnd (wie es sich für einen Unruhestifter gehört), mal mit feinem Schmirgel, mal mit der groben Feile, gelegentlich etwas boshaft (was nicht schaden kann, auch der große Heine ließ seine Gedichte oft funkelnd boshaft enden). Vor allem aber ein aufrichtiges Buch. Selbstzweifel, Ängste vor der Krankheit, dem Erblinden, der Altersarmut, überhaupt Verzagtheiten kommen nicht zu kurz. Manche Selbstbespiegelung erinnert an Thomas Mann, anderes an Kesslers Tagebücher, wenn auch der «rote» Graf uns die intimen Seiten seines Daseins vorenthielt bzw. uns damit verschonte – je nach Empfinden des Lesers.
Ihre Kritiker wird das Buch nicht überzeugen, für sie wird es weitere Munition bedeuten. Ihre Verehrer im Glauben an den brillanten Schriftsteller und aufrechten Streiter wird es bestärken. Oft diagnostizieren Sie «Haß», der Ihnen entgegengebracht wird. Ich glaube, dies ist ein zu starkes Wort. Künstler – und 90 Prozent der beleuchteten Gestalten sind solche – empfinden immer zu stark. Heute glauben sie, die Spitze der Bedeutungspyramide auf Erden zu sein, morgen sind alle ihre Hervorbringungen des Vergessenwerdens würdig. Hochstimmung und Depression. Die Mittellage fehlt häufig, doch diese ist das wirkliche Leben. Höchste Sensibilität ist aber die Voraussetzung für künstlerische Produktion, ohne feine Antennen kein Empfang. Ein Preis ist natürlich dafür zu zahlen, wie immer im Leben. «Große Männer soll man stets bewundern, aber niemals kennenlernen.» Man sieht sie gern auf der Bühne und Leinwand, liest sie auch gern (ach, hätte man doch auch ein solch interessantes Leben!), doch was liegt auf der anderen Waagschale!? Nun sind Schriftsteller fast immer Egozentriker, wie sollten sie sonst schaffen? Ausnahmen bestätigen die Regel, Christoph Ransmayr kommt ungeschmirgelt davon, Herr Schirrmacher erntet Lob.
Alles in allem, aus meiner Sicht: Diese Tagebücher sind das seit Jahren Bemerkenswerteste im Meer der Banalitäten

(auch hier mit Ausnahmen). Dafür der Dank eines Lesers seit den 60er Jahren. …

Ihnen, sehr geehrter Herr Raddatz, Gesundheit und Schaffenskraft auch weiterhin.

Mit freundlichen Grüßen!
Werner Kupke

postscriptum

31. Dezember 2010

Was für ein Jahr liegt hinter mir, messerscharfe Tsunami-Sturmwellen und Lächel-Gischt. Schade, daß ich – redlicherweise – die ... die Rezensionen und Interviews zu der Tagebuch-Rowohlt-Publikation nun nicht meinerseits rezensieren kann; es gab kaum einen einzigen Artikel – rasch, rasch – der nicht veritable Fehler enthielt, und es gab kaum jemanden aus der 'family', wie die Intellektuellen-Gemeinde in Emmerich heißt, der nicht schon vor der Publikation anrief: „Komme ich vor?" Aber nur ICH bin eitel ... Nur mir wird 'Ich Ich Ich' vorgeworfen, wobei meine halbgebildeten Wortgegner nicht wissen, daß genau so – Ich Ich Ich Ich – das Tagebuch von Gombrowicz beginnt ...

So leiste ich mir hier zum Ende hin einen Spaß: ich antworte auf nicht-gestellte Fragen.

Aber wissen Sie denn nicht, wie indiskret-denunziatorisch – was ich nicht bin – viele Tagebücher sind? Peter Weiss notiert das Bild vom "richtig z.B. im Liegen befriedigenden Brecht"; Peter Handke bedauert, seinen "edlen Schwanz in so eine Frau stecken" zu müssen; Golo Mann nennt seine Mutter – also Katja Mann – ein "Monster" (ein Wort, das bei mir nicht vorkommt) – so wenig wie "Arschloch", das Peter Zadek gerne gebraucht.

—

Ja, gewiß steht eine Person – und zwar reichlich negativ gezeichnet – im Vordergrund, wie bei allen Tagebüchern, ob bei André Gide, Ernst Jünger oder Kempowski: nämlich der Diarist. Raddatz. Er ist z.B. oft penibel, wie es mal bei Thomas Bernhard heißt, "selber widerwärtig" (und sieht ihm

Ich bereue so viel Widerwärtiges. "Schicklich", schreibt Thomas Mann, "ist alles Außerordentliche, sofern es leidet". Haben Sie denn nicht von meinen Finsternissen, Qualen, Demütigungen gelesen? Nur von Porsche, Fadengläsern, blumengeschmückten Diner-Tischen? Gut gut, die leiste ich mir auch. Kennen Sie die kürzeste Antwort der Interview-Geschichte? Françoise Sagan, damals gemeinsam mit Sartre vehement die französische Algerien-Politik bekämpfend, wurde von Paris-Match gefragt, ob es denn Gott behüte stimme, daß sie kürzlich zu einer Demonstration mit einem Lancia gekommen sei. Antwort: "Fahrer. Maserati"

—

Ach Gottchen, beleidigt. "Die Deutschen sind mir beese" sagte Marlene Dietrich. Sollen mir doch heute "beese" sein;

obwohl ich, genau genommen, niemanden beleidigt habe. Es gibt nichts Abschätzendes à la Cezanne über Renoir 'Er soll aufhören, sofort aufhören zu malen – er kann es eben nicht!' Entdecke, zitiere ich – Flaches, Dümmliches z. B. der Frau Dönhoff –; oder ich schildere, allerdings mit dem George-Grosz-Griffel: den betrunkenen Augstein, den bramarbasierenden Henri Nannen. Das sind ja keine bizarren Erfindungen, sondern authentische Notate. Vielleicht kennen Sie die Anekdote: Lady Astor haßte Churchill. Durch ein Versehen des Protokolls kam sie neben ihm zu sitzen. Sagte zu ihm 'Wenn ich Ihre Frau wäre, würde ich Ihren Wein vergiften'. Churchill 'Und wenn ich Ihr Mann wäre, würde ich ihn trinken'. Sind die Nachfahren der beiden nun 'Hexe'?

Sie für so, als läge das große "Buch der Schmähungen" vor. Aber z. B. Frau Dönhoff kommt auf ca. 3 Seiten von 1000 vor, der Oberleutnant Helmuth Schmidt – der war er schließlich in der Armee des 'Adolf Nazi', wie er ihn nun neckisch nennt, ihm aber damals als Offizier diente: der 'hat' gleichfalls 3 ½ Seiten; für mehr hat er mich auch nicht interessiert. Gibt es bei mir ein Glossar der Beleidigungen à la Handke, der Ingo Schulze 'Scheißhausliteratur' nennt, Pamuk 'gut gehäkelte Ware' und Herta Müller "Kunstgewerbe" oder über Daniel Kehlmann urteilt 'das ist überhaupt kein schöpferischer Mensch". Hätten Sie nicht mit einer journalistischen Gift-Wünschelrute gelesen – dann hätten Sie weit ausholende Passagen des

Respekt vor Günter Grass, der Bewunderung für Paul Wunderlich, der liebevollen Sorge um Thomas Brasch, der amüsierten Freundlichkeit zu Inge Feltrinelli, der leicht kopfschüttelnden Vergnügtheit über Goran, Hans Platschek, Ledig-Rowohlt Harold Brodky oder Rolf Hochhuth gefunden. Gewiß, Daumier war kein Leistikow und malte keine beschaulichen märkischen Seen, und Raddatz hat keine „Besonnte Vergangenheit" zu Papier gebracht. Doch erinnere ich an das Wort meines ‚Maître Penseur' Tucholsky: „Der Satiriker ist ein enttäuschter Idealist. Er möchte die Welt anders, besser – und er sieht, daß sie so nicht ist, nicht gut".

Sie fragen alles Mögliche, nach meiner Kindheit, meinen Erfahrungen im Krieg (da war ich bei Kriegsende 14 Jahre alt); das vorliegende Tagebuch beginnt aber 1982! Und Sie haben offenbar garnicht bemerkt, daß es auch – von Fontane über Balzac zu Proust – regelrechte kleine Essays, Leseerfahrungen (gelegentlich bestreitbare Urteile) enthält. Vor allem aber eine Dramaturgie, die mir selber erst auffiel, als ich den Band für den Druck fertig machte: daß nämlich, gleich den Streben eines architektonischen Baus, das Ganze zusammengehalten wird durch – Briefe. Ob die geradezu erschütternden des jungen Bauernburschen, meines Geliebten der 60er Jahre; ob die Briefe von Günter

Gruss; ob die, in denen Emigranten sich bei mir bedanken für das, was ich für sie getan habe oder mein die profunden an Rolf Dahrendorf, die ZEIT-Zeit resümierend. Das sind doch existentielle Phasen, keineswegs entbehrliche Einsprengsel, vielmehr wesentliche „Klammern" für die Umrisse einer Persönlichkeit. Schwer zu verstehen, daß so Wesentliches scheinbar übergangen wird. Es rhythmisiert doch auch, was das Wesen eines Tagebuchs ist: Einkehr und Auskehr.

Nachweis der Text- und Bildrechte

Die Laudatio auf Raddatz von Joachim Kaiser wurde am 27. September 2010 im Liebermannstudio des NDR in Hamburg anläßlich der Präsentation der Tagebücher gehalten.

Der Rowohlt Verlag dankt Joachim Kaiser, Haug von Kuenheim, Ralph Giordano, Rolf Hochhuth, Werner Kupke und Tobias Bange für die freundliche Genehmigung, ihre Texte in diesen Band aufzunehmen.

Die in diesem Band abgedruckten Bilder entstammen überwiegend dem Privatbesitz von Fritz J. Raddatz, archiviert im Literaturarchiv Marbach. Wir danken Chris Korner vom Literaturarchiv und Michael Kellner für die Unterstützung der Bildrecherche zu diesem Band.

Techau; S. 99 © Isolde Ohlbaum; S. 100 © Isabel Mahns-Techau; S. 111 © Roswitha Hecke.

Vorderer Vorsatz: 2. Bild © J. Wiechmann; 4. Bild © Gerd Ludwig, Visum Agentur; 6. Bild © Karin Székessy; 7. Bild © Oswald Rauhoff; 9. Bild © Isabel Mahns-Techau.

Hinterer Vorsatz: 1. Bild © Dieter W. Wehde; 2. Bild © Jürgen Dietermann; 4. Bild © Ebba Dangschat; 5. und 6. Bild © Paul Schirnhofer.

Frankfurter Rundsch